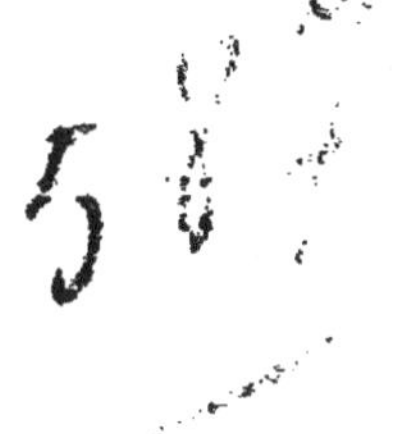

I0825872

DUMONT,

LIBRAIRE-EDITEUR,

AU SALON LITTÉRAIRE, 88, PALAIS-ROYAL.

Extrait du Catalogue.

PARIS, 1833.

PUBLICATIONS NOUVELLES

LE PORT DE CRÉTEIL, par Frédéric Soulié, auteur des Deux Cadavres, 2 vol. in-8°. 15 fr.

LES MATINÉES D'UN DANDY, imité de l'anglais, par Hennequin, 2 vol. in-8. 15 fr.

MÉMOIRES D'UN MÉDECIN, par le docteur Harisson, 2 vol. in-8°. 15 fr.

L'HACENDILLA, nouvelles traduites de l'anglais, 1 vol. in-8. 7 fr. 50.

UNE MÉCHANTE FEMME, par Hypolite Bonnellier, 1 vol. in-8°. 7 fr. 50

LE ROI DE LA REVOLUTION, par Touchard-Lafosse, 1 vol. in-8°. 7 fr. 50

UN BAL CHEZ LOUIS PHILIPPE, par l'abbé Tiberge, 2 vol. in-12. 6 fr.

CHARLES II ET L'AMANT ESPAGNOL, par Régnier Destourbet, 4 vol. in-12. 12 fr.

LA FIANCÉE ROYALE, par M. de Marlès, 5 vol. in-12. 15 fr.

LES VEILLÉES D'HIVER, (le conteur) par MM. Alex. Dumas, Frédéric Soulié, Michel Raymond, L. Gozlan, Bibliophile Jacob, Charles Nodier, Philarète Chasles, A. Hugo, Emile Morice, etc. etc., *mesdames Desbordes Valmore*, Elisa Mercœur, etc. etc. 4 beaux vol. in-12. 12 fr.

PUBLICATIONS SOUS PRESSE :

MÉMOIRES D'UN CADET DE FAMILLE, par Trelawney, ami et compagnon de Lord Byron, troisième édition revue et corrigée, 3 vol. in-8°. Prix : 22 fr. 50

MÉMOIRES D'UN MÉDECIN, par le docteur Harisson, tomes 3 et 4. 15 fr.

CRINGLES' LOG, ou la chasse du contrebandier, traduit de l'anglais par Hennequin, 2 vol. in-8°. 15 fr.

LA NONNE DE GNADENZELL, par Spindler, traduit par Ledhuy, 2 vol. in-8°. 15 fr.

UN ROMAN NOUVEAU de madame la duchesse d'Abrantès, 2 vol. in-8°. 15 fr.

UN ROMAN NOUVEAU de M. Charles Rabou, l'un des auteurs des contes bruns, 2 vol. in-8°. 15 fr.

ISOLIER, par madame Desbordes Valmore, 2 vol. in-8°. 15 fr.

TROIS JEUNES FILLES, par la même, 1 vol. in-8°. 7 fr. 50

DEUX SOEURS, par la même, 2 vol. in-8°. 15 fr.

LE LIVRE DES PETITS ENFANS, contes du premier âge, 2 vol. in-18.

SCÈNES DE LA VIE ANGLAISE, traduites de l'anglais par madame Desbordes Valmore et M. Pellet, 1re Série, 2 vol. 8°. 15 fr.

L'ATELIER

D'UN PEINTRE.

IMPRIMERIE DE P. BAUDOUIN,
2, RUE ET HÔTEL MIGNON.

L'ATELIER

D'UN PEINTRE.

SCÈNES DE LA VIE PRIVÉE,

PAR

MADAME DESBORDES VALMORE.

I.

PARIS.

CHARPENTIER, 4, RUE MONTESQUIEU. | DUMONT 88, PALAIS-ROYAL.

1833.

Ces souvenirs chers, long-temps scellés en moi, nourris dans le cœur, où nous gardons frais et pur tout ce qui nous a frappé aux premiers jours de la vie, eussent dû, peut-être, ne jamais être révélés : le jour les fait pâlir, et je ne tromperai personne en disant sous des mots dont j'ignore l'usage : — Lisez ceci, et vous serez touché.

Un bouquet de fleurs, religieusement

gardé, peut, au bout de longues années, être encore et toujours imprégné d'émotions et de parfums pour celui qui le possède ; il peut le ressaisir de trouble, de rêverie ou de piété : c'est son souvenir qui le respire, qui lui rend l'éclat, la tendre poésie des beaux momens où il fut cueilli !

Mais les momens sont loin ; les fleurs sont fanées. Erreur à celui qui possède ce trésor, s'il veut tout à coup l'offrir à la curiosité ou à l'attendrissement des autres : il est fané... on sourit, et l'on passe à des fleurs vivantes, actuelles, riches de couleurs et de parfums enivrans.

Toutefois, malgré ses apparences uniformes et paisibles, la vie humble, pauvre et obscure du logis, a son drame de même qu'une vie agitée et féconde en événemens. La femme qui naît, vit et meurt près du foyer, l'artiste qui passe ses jours dans la solitude, tout entier qu'on le croirait à ses travaux, ont chacun aussi leurs espérances, leurs désespoirs et leurs joies célestes. Les secousses qui les heurtent, pour demeurer invisibles, comme les secousses du galvanisme, n'en frappent pas moins avec violence et d'une façon terrible. Seulement, la victime se trouve trop loin pour que l'on entende ses cris, et la plupart du temps, abattue, résignée, elle étouffe ses sanglots et dévore des pleurs inutiles. La croyant calme où bien insoucieuse, on ne songe pas à lui compâtir; on réserve son intérêt à des cris plus énergiques et à des tortures plus visibles.

Dans l'*Atelier d'un Peintre*, c'est l'esquisse de cette vie méconnue, qu'une femme a tenté de reproduire; une femme qui s'est trouvée initiée à de tels mystères, et qui en a plus encore subi les douleurs qu'elle n'en a partagé les jouissances. Pour écrire ce livre, elle n'a fait que se rappeler les récits auxquels, petite fille, elle se sentait émerveillée et les yeux pleins de larmes.

Mais elle comprend son inexpérience. Malhabile à l'art du romancier, elle n'a point présenté dans un cadre qui les fasse valoir, les touchantes richesses du sujet qu'elle voulait peindre. Dans ce cas elle rappelle la réponse d'une femme de son cher et doux pays de Flandres : — Ah! monsieur, je vous fais sourire, parce que je parle mal; mais si vous entendiez ma fille vous conter mes malheurs, vous pleureriez à chaudes larmes!

Paris, 3 novembre 1833.

MARCELINE DESBORDES VALMORE.

I.

L'ATELIER D'UN PEINTRE.

—Du talent, mademoiselle ! du talent ! répétait-il en taillant ses crayons et en regardant sa nièce avec une amitié colérique : oui, oui, du talent ! ou je vous ordonne d'aller vivre heureuse, grasse et rose, au fond d'un village. Apprenez qu'un grand talent dédommage seul des amertumes qu'il coûte; c'est un beau fruit quand il éclot tout entier, mais où tous les insectes se précipitent : j'ai lu cela je ne sais où; j'en ai pesé la justesse; et vous serez donc cruellement piquée, je vous en avertis. Mais n'importe : faites-moi un bon tableau, puisque vous ne voulez pas aller garder les moutons.

— De quels moutons parlez-vous, mon oncle? répondit une jeune fille dont le teint clair et candide attestait qu'elle était bien la nièce de celui qui la regardait et taillait alternativement ses crayons; en avons-nous un seul à nous deux?

— Il n'en manque pas dans les champs, mademoiselle; et si vous ne les gardez pas, il est évident que vous n'avez aucun goût pour la vie rustique : c'est ce que j'ai observé durant les quinze jours de vacance, où, pour vous complaire, j'ai fermé mon atelier, laissé sécher ma palette, mes pinceaux et vingt portraits prêts à être terminés, j'oserais presque dire, prêts à marcher tout seuls. Dieu sait maintenant où en sont ses modèles ! Disparus pour un siècle peut-être ; et ils m'en rapporteront des figures d'un autre monde, qui n'auront pas la moindre analogie avec ces ébauches qui étaient frappantes de ressemblance : cela m'est arrivé cent fois. La vie, en six mois, dérange une figure à ne pas la reconnaître.

— En six mois, mon oncle !

— Oui ! en six mois. On doit se croire encore bien heureux quand elle laisse quelques traits ensemble qui ne font pas chercher trop long-temps notre nom aux amis qui nous rencontrent après six mois d'absence. Chose amère que l'absence ! Si j'étais roi, j'assignerais tous les huit jours un rendez-vous à mes amis, où j'irais les voir en voiture. Toutefois, j'aimerais mieux être paysan; un hameau est plus commode à parcourir, et l'on y change moins de visage. Pour vous, mademoiselle, si vous vous avisez jamais de me quitter long-temps, je vous défends de revenir; j'ai bien assez de mes tristes expériences.

— Jamais long-temps, mon oncle, répondit la jeune fille en levant de son travail un regard plein de caresse.

— C'est pourtant votre chère sœur qui a fait ce trou dans mes travaux. Il est vrai que vous l'aimez un peu plus que moi, et qu'elle n'est pas contente d'avoir pour mari l'un des architectes les plus distingués de l'époque; elle exige que je vous laisse courir les prairies de la Normandie, où son mari va semer des châteaux et des ponts, pour faire des rues sur l'eau, comme vous disiez étant petite. Courez, ma chère amie ; je ne m'y oppose pas : mais je vous observe partout, et là comme ici, je vous ai vue dans vos éternelles rêveries, regardant passer la vie comme si elle ne devait jamais s'arrêter, tandis qu'elle coule cent fois plus vite que les ruisseaux qui passent devant la porte de votre sœur Eugénie. Qu'une goutte d'eau pende à une feuille, vous voilà! Vous lui appartenez corps et âme jusqu'à ce qu'elle tombe, comme si un contrat vous unissait ensemble. On a beau dire que cela révèle un penchant à la constance, cela prend un temps considérable. Au reste, il faut vous rendre justice, il en est ainsi pour chaque chose : tout entière à ce qui vous occupe. C'est une faculté dont on peut tirer parti en ne fixant vos idées que sur des études essentielles. Mais là-bas, par exemple, livrée à vous-même, vous ne songiez pas seulement à prendre un seul papillon pour votre oncle. Son oncle! ah! mon Dieu! c'est bien la peine d'y penser!

— Vous dites cela, mon oncle!

— Bah! je sais qu'en vous regardant, on s'imaginerait les plus belles choses du monde. Vous avez du velours dans les yeux quand vous voulez! Mais je ne vous regarde pas, ma chère enfant. Je cherche le brouillon d'une lettre que j'écrivais alors à votre sœur; et le voici, poursuivit-il en tirant un papier du tiroir de sa table de bois blanc.

Je pense maintenant à une chose, poursuivit-il en déchiffonnant le papier : je ne la lui ai ni envoyée, ni portée... C'est qu'il fallait la mettre au net; et vous savez comme j'aime à écrire! C'est un des plus rudes tourmens de ce monde pour un peintre; si vous ne teniez pas ma correspondance, je serais le plus malheureux des hommes.

— Je vous suis donc bonne à quelque chose! répondit Ondine d'une voix contente.

— Voyez la grande affaire! reprit-il en riant aussi. Pour quelques petites méchantes lettres qui fourmillent de fautes, n'allez-vous pas vous croire bien essentielle à ma destinée?

— Cette pensée serait douce, mon oncle; mais je ne vais pas si loin.

— Enfin, lisez-moi ce brouillon; je ne suis pas fâché de revoir ce que je pensais alors : il y a aussi chaque année du changement dans nos idées comme dans nos figures. Une lettre est le portrait de l'âme qui s'y peignit le jour où elle fut écrite. Que de femmes tomberaient évanouïes, s'il en était ainsi de leurs autres miroirs, en y revoyant tout à coup mille choses qui ont disparu sans qu'elles y prissent garde! Pauvres femmes! Lisez, ma nièce.

Ondine lut.

« Vous savez, Eugénie, que dans l'automne, je suis comme un papillon dans sa chrysalide; et vous voulez que je me transporte dans votre immense vallée de Saint-Remi. Votre mari, que j'estime, et qui est modeste comme le talent, sera, dites-vous, bien aise de m'avoir pour juge de ses plans et de ses travaux: à la bonne heure! j'étends mes ailes fatiguées, et j'emmène avec moi votre sœur Ondine, qui ne m'en aimera pas plus pour cela; mais je me soucie fort peu de son amitié, si je parviens à faire sortir l'étincelle que je soupçonne renfermée chez cette pauvre petite orpheline. Il serait assez plaisant que son oncle, qui n'a rien fait jaillir de sa palette, que des portraits mal payés, parvînt à faire de sa nièce une artiste un peu célèbre, de cette nièce qu'il gronde toujours, et qui le mérite bien! Mais elle se retient de me faire tant de plaisir. Mon oncle, dit-elle en elle-même, a l'habitude d'être un peu triste; il ne faut pas changer son caractère. Il a perdu un frère qu'il aimait tendrement, qui lui a laissé sa fille dans l'indigence; pourquoi travailler à acquérir un bien-être et du talent? Il s'en est bien passé! Rêvons, dormons!

« Voilà ce que je lis dans le silence de cette demoiselle; et j'en suis d'autant plus irrité qu'elle a composé toute seule, dans un coin, une esquisse charmante, spirituelle et vraie : je vous dirai à l'oreille ce que j'en pense; en attendant, vous saurez qu'elle m'a touché l'âme, et que j'ai été sur le point de l'embrasser. Encore un peu, ce serait aussi bien que mademoiselle Lescot. Mais au plus petit éloge, elle se croirait une personne accomplie; et il s'en faut bien, quoiqu'elle ait beaucoup de la bonté de son père, qui en avait trop !... »

— Eh bien ! continuez donc, dit M. Léonard en n'entendant plus la voix altérée de sa nièce ; est-ce que c'est tout ?

Ondine toussa doucement, et reprit :

« A la gaîté dont elle rayonne en préparant tout pour notre voyage, je la crois inclinée à se faire paysanne, et à planter là son oncle, qui ne demanderait pas mieux. C'est au village qu'elle conserverait son beau calme et la couleur sage qui roule dans toute sa personne. Je crois que Raphaël en eût fait une petite sainte Cécile, peut-être même une vierge jardinière. »

— Je crois, moi, que vous arrangez tout cela, interrompit tout à coup M. Léonard. Ondine avança la lettre toute ouverte à son oncle, qui reprit :

— Comment, diable! il y a cela? Je pensais donc un peu de bien de vous à cette époque?

Ondine pleurait; puis elle mit tout à coup précipitamment le papier dans la poche de son tablier de travail.

— Je le copierai pour moi, dit-elle, et je le garderai toute ma vie.

— Je vous prie de croire que je suis singulièrement changé depuis lors, reprit le peintre, un peu ému; mais il ne tient qu'à vous que je reprenne un jour toute la bonne opinion que j'avais de vous il y a six mois; et je veux bien vous dire que je ne demande pas mieux. Faites-moi seulement un bon tableau, et nous verrons.

Ondine essuya ses yeux et se tut; car elle savait que les longs discours de femme étaient peu agréables à son oncle. Par bonheur, ce n'était pas un sacrifice pour Ondine : le silence avait pour elle autant de douceur que le sommeil ; il a ses révélations, son tumulte, ses spectacles : elle le peuplait des tableaux qui plaisaient le plus à son jeune souvenir d'artiste. Mais quelque chose d'impénétrable lui cachait tout l'avenir.

—L'avenir! irai-je? disait-elle quelquefois, rêveuse et insouciante. Et pourquoi faire? On dirait qu'il n'y a rien là pour moi. Cependant ma sœur est heureuse; mais le sera-t-elle long-temps? Ne dit-on pas que le bonheur marche bientôt entre une crainte et un regret?

Alors elle relevait la tête pour ne plus penser; et croisant ses mains avec une ferveur d'enfant, elle jetait en haut cette courte prière :

— Mon Dieu! permettez..... C'était là tout. — Dieu saura bien mieux que moi ce qu'il doit permettre, ajoutait-elle tout bas.

Elle retournait alors à ses dessins ou à quelque ouvrage d'aiguille, et les jours coulaient en effet pour elle comme les ruisseaux devant la porte de sa sœur.

II.

LE COUVENT DES CAPUCINES.

Elle y pensait beaucoup, à cette sœur absente. Lire ses lettres, c'était se croire près d'elle à parler bas ; et les jeunes filles aiment beaucoup à parler bas. Mais à ces lettres causeuses, la voix manquait, et l'âme d'une femme est plus dans ses accens que dans ses paroles. Ondine alors écoutait sa mémoire, oiseau moqueur qui ne retient bien que les voix qui font pleurer! et ce n'était jamais sans quelques larmes que se passaient les jours de fête, car elle les consacrait à lire et à répondre; à s'examiner, pour rendre à sa sœur un compte pieux d'elle-même. C'était le seul confesseur mortel devant lequel son cœur pur s'ouvrît tout entier. Pour rendre ce compte en toute candeur comme à Dieu, elle se regardait passer et vivre; elle signalait ses fautes quand elle les voyait, sans fausse honte, mais avec une sincérité sérieuse.

M. Léonard avait dit de cette orpheline qu'elle ressemblerait aux salamandres qui vivent dans le feu, où les enfans les jettent pour les voir souffrir; et ce bon M. Léonard, pour émousser la sensibilité qu'il redoutait en elle, jouait souvent à son insu le rôle des petits bourreaux innocens qu'il aurait sermonné de toute sa fervente éloquence pour sauver la salamandre de leurs curieuses expériences.

Elle ne souffrait jamais décidément, toutefois, bien qu'elle pleurât souvent : tout le monde pleure. Elle était contente quand elle ne voyait souffrir personne; et, sinon pour aller où sa sœur l'attirait, elle n'eût pas fait un pas dans la vie pour avancer ou pour changer de place. — Mais elle n'en laissait pas éclater l'innocent désir, dans la crainte d'effrayer son oncle, pour qui une barrière de Paris à franchir, était comme une traversée aventureuse, ou un aérostat. Elle s'asseyait des heures entières durant les belles et oisives journées, qui, selon l'expression du peintre, fermaient l'atelier à la gloire; elle se figurait sa jeune aînée errante au bruit des sources qui avoisinaient sa maison, et versaient jusqu'à sa porte une silencieuse fraîcheur, qui humecte la vie et la prolonge.

Monsieur Léonard, de son côté allait, disait-il, au Louvre boire de la peinture, en effet sa seule et chère ambroisie. De tous les monumens de Paris, il n'en connaissait bien qu'un seul, le salon de peinture; il le savait par cœur, comme sa chambre : il y fût allé les yeux fermés sans faire un faux pas; il eût mis la main à coup sûr dans l'obscurité la plus profonde, sur quelque tableau que ce fût, de Raphaël ou de Rubens, et l'eût baisé.

Dans cette immense population qui se presse et s'agite, il n'avait de liens qu'avec une nation distincte de toutes les autres, celle des peintres; et il continuait depuis vingt ans à recevoir dans son atelier plus d'élèves qu'il n'en pouvait contenir. Comme un Anglais qui passe reconnaît un Anglais dans une ville étrangère; comme un malheureux qui a des larmes sous le front, devine dans la foule, celui qui pleure souvent dans l'âme, monsieur Léonard, artiste-né, jeté au monde pour adorer la nature et la peindre, sentait en quelque sorte dans la rue les hommes imprégnés du parfum de la peinture, et tous ceux qui en vivent, ou qui en meurent.

— Voilà un peintre, disait-il à sa nièce.

— Vous le connaissez, mon oncle?

— Non, mais vous allez voir.

Il saluait alors d'un air grave, bienveillant et original, qui frappait à son tour le passant. On s'abordait; l'entretien s'engageait dans cette langue à part de toutes les langues parlées de nos jours; et il était rare que de telles rencontres n'augmentassent pas ce qu'il

2.

appelait sa famille, sa sublime, son humble famille!

L'atelier, nu d'ornemens et de meubles superflus, ne s'agrandissait pas à mesure qu'on l'encombrait de cartons, de plâtres, de chevalets et de mannequins. La muraille un peu humide, ravivée tous les deux ou trois ans d'une couche épaisse de couleur grise, nuancée çà et là par la fraîcheur régnante de l'atmosphère, montrait pour tout luxe le portrait de Raphaël, celui de la mère de M. Léonard, où quelques traits de la jeune Ondine se révélaient sous l'immense bonnet flamand de sa grand'mère; et puis des mains modèles, les pieds ailés du Mercure, des bras d'enfant moulés sur nature, une tête de mort et un cadre aux papillons.

Cet espace de vingt pieds carrés, oublié, debout encore sous la destruction du vieux cloître des Capucines, tombant sous les marteaux actifs d'un riche propriétaire, servait de ruche ou de Vatican à quelques brûlans éphémères, nés de cette flamme qui avait immortalisé et tué Raphaël.

Et la jeune Flamande, amoureuse de cette propreté luisante qui régnait au foyer de sa mère, accoutumée en naissant à l'ordre silencieux et calme d'un ménage du Nord, troublée d'abord au milieu de toutes ces abeilles confuses, s'en était doucement fait reine, et préparait sans bruit à toutes, une place pour broyer et composer leur miel. Les ingrates, contrariées dans leur désordre, criaient à la tyrannie; Ondine faisait la sourde oreille, et régnait rangeuse et modeste.

Le sourcil froncé de mademoiselle Elisabeth lui était aussi d'un grand secours. Mademoiselle Elisabeth, chargée des soins intérieurs du ménage, était comme une puissance voilée qui apparaissait seulement aux jours d'émeute, d'agitation et de poussière : sa présence inattendue glaçait les clameurs des criards. Elle jetait de l'eau sous leurs pieds, balayait près d'eux, derrière eux, devant eux; puis remontait satisfaite et grave, tenant en main son balai comme un soldat ses armes.

Elle était si bonne, cette Elisabeth, si remplie de bon sens, d'entêtement dans ses devoirs! Frugale, active, intègre, attachée à ce toit tremblant d'un pauvre artiste, et fière d'y bien remplir sa place, pour mériter celle qu'elle attendait dans un monde où les toits du pauvre ne tremblent plus.

Il fallait qu'à l'insu des écoliers mutins, elle eût pris sur eux un grand empire, car ils ne s'apercevaient pas qu'elle fût un peu bossue pour en rire : ils avaient du respect pour elle, pour son infatigable balai, et ils l'appelaient tout bas, le ministre de l'arrosoir.

Mais bien des abus glissaient sous sa vigilance; un châle à peine déployé six fois depuis la noce de la sœur d'Ondine, châle bleu, tramé de soufre et de blanc, qui ne laissait dans l'esprit de la jeune fille aucune place à l'admiration pour les cachemires qui tapissent de leurs riches rosaces les magasins de la rue Vivienne; ce beau châle, qui rompait seul l'uniformité de la teinte grise de son horizon, figurait depuis six mois sur un mannequin habillé à la juive, pour un tableau de la bénédiction de Jacob; et son tablier de mousseline à fleurs sombres, était tourné en turban sur la tête de l'Antinoüs, dont on allait faire un Grec moderne.

Ondine avait déclaré plusieurs fois l'impérieuse intention d'en secouer la poussière;

mais les élèves, M. Léonard lui-même, poussaient des cris, et le tissu frêle et bleu continuait d'être mangé aux vers. C'était le seul incident qui attristât un peu les yeux sereins de la jeune artiste, quand ils tournaient autour de cet obscur musée comme autour de son univers.

L'atelier, jusqu'à nouvel ordre, était dans un long corridor de l'ancien couvent des Capucines, labyrinthe où ceux qui l'habitaient encore finissaient par se perdre quelquefois, comme les étrangers qui venaient les y chercher. On ne se retrouvait souvent qu'en s'appelant à voix haute, parmi les murs écroulés où pendans de ce vieux monastère.

Quelques cellules étaient demeurées intactes, mais elles s'entouraient par degrés de tant de débris et de poutres chancelantes, il tombait à chaque heure de si hauts murs, avec un fracas si sourd et si menaçant, que sans la sécurité profonde de M. Léonard, qui ne s'arrêtait jamais de peindre durant ces craquemens destructifs, sa nièce eût pris la fuite avec épouvante. Souvent elle le regardait indécise; mais voyant l'immobile sang-froid qui l'enchaînait à sa place, elle dessinait à la sienne, sans y penser plus que lui. Il y a tant de sécurité dans la confiance que nous inspirent nos parens! ils savent tout; ils étaient au monde avant nous!

Tant que Girodet peindra au-dessus de nos têtes, disait M. Léonard, comme répondant au regard inquiet de sa nièce, de quoi voulez-vous que je m'alarme? je ne ferai pas un pas avant lui pour chercher un atelier. Vous ne savez pas comme c'est effroyable de chercher un atelier! Transporter un monde d'objets, ma boîte à couleur pleine d'huile, mon cadre aux papillons, bouleverser toute une existence, on s'imagine que c'est la moindre chose au premier coup d'œil; mais voyez Girodet, s'il bouge? et très-certainement je ne me séparerai d'un tel voisinage qu'a la dernière extrémité, au dernier cri de détresse.

— Mais vous n'y montez jamais, mon oncle, et jamais M. Girodet n'entre ici.

— Qu'importe? ne sentez-vous pas tout ce que son approche a d'inspirateur? Je vous conseille, ma chère amie, de respirer cet air-ci de toutes vos forces et avec orgueil, puisqu'il le respire; il y roule une foule de petits tableaux qu'il ne tient qu'à vous d'exécuter pour le salon. Mais en considération de votre âge, je ne vous en demande qu'un : c'est bien raisonnable de ma part. Grand dieu! si j'avais le temps de faire autre chose que le portrait! peintre de portraits! il en pleut. Il est vrai que Van Dyck occupe une certaine hauteur dans les arts, avec les siens, car il y a là, dit-il en regardant le portrait de Van Dyck lui-même, je ne sais quelle science harmonieuse qui contente l'ignorant et l'artiste qui sait. Le modelé des formes y passe et tourne comme dans l'air et le jour. Cette tête flotte au milieu du vide, ce vide, remarquez bien, qui n'est pas creux comme une boîte, et noir comme une étoffe tendue. Vous, petite, quel est le peintre qui vous dit quelque chose à l'oreille? Ne cherchez pas trop, afin de ne dire que votre pensée.

— Prud'hon! mon oncle...

— Rien que cela? dit M. Léonard avec un sourire approbateur, je vous en fais mon compliment : pour une pauvre petite Flamande, simple comme bon jour, vous n'avez pas l'instinct très-vulgaire, et peut-on savoir pourquoi vous l'aimez.

—Ah!... parce que je l'aime, mon oncle;

parce que ses tableaux ravissent mes yeux, et qu'il me semble que quelque chose de triste parle au fond. Je ne me connais pas au reste.

— Enfin, vous l'aimez d'instinct, cela veut dire que vous l'aimerez toujours : tant mieux pour vous. Vous m'avez pourtant fait frémir quelquefois, quand je vous posais en face de tel ou tel chef-d'œuvre, dans le désir de vous récompenser d'un œil ou d'une oreille passablement obtenue; quand j'attendais un cri d'admiration qui m'eût rendu le plus heureux des hommes comme votre maître et comme votre oncle, vous me disiez la chose la plus écrasante, la plus bourgeoise, la plus inattendue; une de ces choses qui cassent bras et jambes, et vous en avez beaucoup apporté de province dans vos petites poches; car vous portiez des poches, ma chère amie.

— Mon oncle !

— Ou bien c'était un silence vide et effrayant, pour quelqu'un qui guettait votre avenir dans un regard et dans vos premières impressions. Pauvre Ondine ! que vous m'en avez dit de cruelles !

— Oh ! mon oncle, je ne disais pas tout ce que je pensais; mais souvent, si j'avais osé !.....

— Oui, par soumission, et pour être une bonne fille, vous m'auriez fait des complimens; comme un petit garçon qu'on m'amena un jour pour sonder ses dispositions sur la peinture, et à qui sans doute on avait recommandé d'être bien honnête : on le guettait aussi, le pauvre innocent, comme le lait sur le feu.

— Monsieur, me dit-il enfin, pour dire quelque chose, en regardant je ne sais plus quoi, est-ce un homme, ça, ou un cheval?

— C'est un homme, mon petit ami.

— Ah! c'est bien fait!

— Et vous étiez de cette force..... Mais, enfin, votre bandeau ne me paraît plus si épais; et je ne jurerais pas que Girodet, bien qu'à travers le plafond, n'y soit pour quelque chose. Quand de tels fronts secouent leur auréole, il en tombe des étincelles. Tendez votre tablier, mon enfant; les femmes ne seront jamais que des glaneuses; mais leurs bras faibles ont de la grâce, et on leur pardonne, parce qu'ils ont l'air de prier. Songez bien..... Vous m'écoutez toujours, n'est-ce pas?

— Toujours, mon oncle, dit Ondine en relevant la tête avec le sentiment de l'attention et du respect.

— Au reste, vous avez bien raison de m'écouter; car c'est dans votre intérêt que je parle quelquefois un peu trop long-temps. Songez à la scène du déluge, à cet admirable fragment de la colère de Dieu, bien que vous trouviez l'homme trop laid pour avoir épousé de son consentement cette belle créature qui se noie, idée d'une folle enfant, pour laquelle on devrait vous mettre en pénitence; un jeune garçon ne l'eût jamais eue : mais, vous autres demoiselles, vous ne rêvez que mariage d'inclination, même du temps du déluge.

— Non, mon oncle! mon Dieu non! c'est qu'il a une expression affreuse!

— Ne voulez-vous pas qu'il sente craquer l'arbre qui le soutient sur l'abîme, et qu'il fasse un sourire? qu'il emporte son père, dont le poids est énorme, comme celui de tous les vieillards, et qu'il soit agréable, placide et rose comme Enée, qui enlève tranquillement son père aussi, lui, comme s'il n'enlevait rien? ce qui m'a toujours un peu étonné dans un chef-d'œuvre ; mais ce qui s'explique du moins par l'assistance d'une grande déesse, qu'on ne voit pas, et qui a beaucoup aimé le père d'Enée.

— Oh ! je ne l'aime pas, mon oncle ; il ne s'inquiète pas plus de sa femme dans le feu, que l'autre de sa femme dans l'eau.

— Diable ! mademoiselle ! vous voulez de la galanterie jusque dans les scènes d'inondation !

— Mais, mon oncle, sa femme !

— C'est bon ! on va bien penser à une femme, quand on porte son père, et qu'on a devant soi une immense étendue d'affliction et de scènes sublimes, qu'on ne reverra plus. Quant à moi, ce qui m'eût le plus occupé, je crois, après ma mère, observa-t-il en s'inclinant avec respect du côté du portrait de femme habillée à la flamande, c'eût été de courir à ma palette pour arrêter, autant que possible quelques-uns des effets d'une scène si grande et si peu redite. Sur cet homme, sous cet homme, les teintes sont molles et ternes et ne précisent ni jour, ni nuit, ni pluie, ni soleil, ni rien : elles rappellent ce vœu d'un paysan las d'une atmosphère étouffante, qui s'écriait :

— Ah! pour un temps pareil, j'aimerais mieux qu'il n'en fît pas! — Il n'en fait plus : la terreur qui nage dans cette scène est bien faite pour crisper l'homme qui en conçoit et en supporte toute l'horreur. Girodet a donc très bien fait de laisser cette pauvre et belle femme s'arranger comme elle peut avec le petit enfant qui s'attache à ses beaux cheveux mouillés, comme au cable de salut; et l'autre qui veut téter encore, sans se douter que ce n'est plus la peine, et que l'on va mourir!

— Mais d'où vient, mon oncle, hasarda timidement l'écolière, que cette triste mère n'a pas un trait ému ni souffrant, tandis que l'enfant l'a saisie avec tant de violence par sa chevelure renversée? Mes cheveux me font mal en regardant! Le calme de cette mère me surprend.

— C'est qu'elle est mère, d'abord, ma chère Ondine, et que vous n'êtes qu'une petite fille douillette, qui pousseriez des cris si l'on touchait vos tresses pour s'en faire un cordage. En second lieu, c'est qu'elle est morte, et déjà peut-être dans le ciel, où l'on ne souffre pas du tout : je le croirais d'autant mieux qu'il n'y a plus rien de terrestre dans ses formes; — et l'on sait que la mort ennoblit la laideur. Jugez de la beauté! la beauté jeune et dans sa fleur, comme celle de cette mère. Quelle chasteté sur ce sein nu!..... Raphaël n'a pas été plus pudique avec ses vêtemens pleins de mystère, que Girodet sans voiles.

Quoi qu'il en soit, ce coin de Déluge, et Atala, autre scène immortelle de la mort, ont été créés là-haut; et je n'entends pas, le soir, les pas du maître qui médite et travaille à la lampe, sans un frisson d'espoir et de respect. Ne donneriez-vous pas tout au monde pour le rencontrer?

— Moi, mon oncle?

— Oui, vous! et vous avez juste l'air de me répondre : Mon oncle, cela m'est égal. Quelle singulière personne! Un caillou lisse, au bord de l'eau, un feston de lilas qui s'échappe des murailles du boulevart; un mouton qui passe dans la rue, vous font tressaillir; et la vue d'un grand homme vous laisse droite comme une flèche; pas la moindre émotion; c'est pour vous une chose simple.

Ondine le regarda sans oser, ou sans trouver rien à répondre.

— Vous ne l'avez donc jamais rencontré? reprit M. Léonard après un de ses longs repos.

— Qui, mon oncle?

— Comment? qui! parbleu! Girodet, dont nous parlons depuis une heure.

— Ah! pardon! Non, mon oncle, jamais.

— Au fait, Paris est comme cela; on naît, on vit, on meurt dans le même corridor, sans quelquefois s'être rencontré ou demandé l'heure, ni donné l'eau et le feu, comme dans nos bons voisinages du Nord, qui forment presque une parenté. Hélas! on rencontre bien rarement son prochain dans Paris. Mon pauvre frère, qui ne l'aimait pas, avait bien raison de l'appeler un désert splendide. Sans le salon de peinture, j'y serais mort d'isolement. Cette existence désassemblée les uns des autres m'a jeté jadis dans une si grande tristesse, veuf que j'étais de ma chère province où chacun se connaît et se dit bonjour; je me croyais un être tellement abandonné du ciel et des hommes, au milieu de toutes ces portes mystérieuses, froides et sans clefs, que le mal du pays me mit à deux doigts du tombeau. J'aurais donné Paris et mon prix de peinture pour entrevoir le bonnet blanc et plissé de ma mère! pour entendre monter du bas de l'escalier humide la voix de mon frère Félix... Mon pauvre frère Félix!... Allons! voilà que vous pleurez encore maintenant; on ne peut rien vous dire. Vous voyez cependant que je me porte très-bien, et que j'ai pris mon parti là-dessus, comme sur tant d'autres choses! ajouta-t-il en étouffant un soupir qui l'interrompait malgré lui, et qui le fit retomber dans un silence plus long que tous les autres.

Une nuée d'élèves qui entrèrent presque tous à la fois, donna bientôt un autre cours aux idées de M. Léonard. La sérénité ne tardait jamais à reparaître sur son front, quand il avait autour de lui tous ces jeunes amans de la peinture; il semblait qu'il n'eût jamais eu lui-même d'autre maîtresse. Si quelque confidence d'amour, durant l'absence d'Ondine, circulait dans l'atelier, il n'avait pas l'air d'entendre : seulement il regardait ses élèves avec un sourire d'une indéfinissable tristesse, et il disait comme avec distraction : « Ah! mon Dieu! mon Dieu! de quoi parlez-vous là? Prenez garde, messieurs, vous m'avez tout l'air de jouer avec du feu! » Et sa bonhomie mélancolique faisait rire ces enfans qui se faisaient hommes, et qui n'avaient pas peur!

A cette humble école, les riches ne payaient pas plus que les pauvres; c'est-à-dire qu'ils ne payaient pas du tout. Par cela même, il y régnait un ton de concorde et d'égalité qui se tournait en respect pour le maître, auquel ils ne voyaient qu'une belle passion, la gloire! Toutes ces jeunes têtes en brûlaient comme la sienne; et dans ce coin obscur du monde, on ne respirait que l'amitié, le désintéressement et l'enthousiasme!

— Enfin, voilà! — s'écria tout à coup l'écolier Rodolphe, au milieu d'une méditation générale, en respirant jusqu'au cœur, comme quelqu'un qui sort d'un péril.

Cette exclamation fit retourner tout le monde vers lui; on se groupa autour de son travail. La tête du Grec moderne était finie. Ondine aussi cria: — Enfin! — pour son écharpe, qui était reproduite au naturel, et qu'elle allait reployer avec soin. L'admiration devenait unanime et bruyante, quand M. Léonard vint jeter l'huile ou l'eau sur ce brillant feu de paille.

Rodolphe, inquiet, connut son sort, quand il vit le bon peintre plonger son regard à demi fermé sur cette tête, objet de l'extase générale; puis s'en retourner silencieux et grave, comme s'il eût dit : — Je n'ai rien vu! hélas! il n'y a rien là! — Tous l'imitèrent, tous s'en retournèrent muets, la tête basse, reprendre, un peu étonnés, leurs dessins interrompus. Le triomphateur, descendu de sa joie et de son char, effaça, consterné, mais sans se plaindre, ce qu'il avait considéré peut-être comme un pas vers l'immortalité.

Ce silencieux empire du plus indulgent des hommes portait quelquefois chez ses disciples le découragement jusqu'aux larmes. Par le regard sans chaleur qu'il détournait avec un peu de chagrin du travail qui lui était soumis, on se sentait atteint et convaincu de médiocrité; idée amère pour ceux qui s'accoutument au voisinage et à la contemplation des chefs-d'œuvres : à force de les admirer, on se familiarise avec eux; on n'échappe pas toujours à l'espérance d'en créer au moins un. Quel est l'innocent barbouilleur qui n'a pas dit une fois en sa vie : — Voyons donc si Raphaël est tout à fait mort!

L'agreste Ondine elle-même, au fond du sommeil apparent où son maître la croyait plongée, avait aussi ses émotions ambitieuses. Dès qu'elle était seule au chevalet, les chaînes de son intelligence tombaient, son indolence s'éveillait, ses yeux osaient s'ouvrir tout grands; elle n'avait plus peur, elle croyait peindre pour l'avenir, et pour l'avenir reconnaissant !

— Je ne le dirai pas à mon oncle, pensait-elle : il rirait ! C'est pourtant bien sérieux, la vie, quand on pense où elle doit nous conduire, ou le ciel, ou..... quoi donc !..... »

Et sa toute jeune figure se couvrait alors d'une gravité pensive, qui devait faire craindre en effet qu'une telle enfant ne prît la vie trop au sérieux.

Elle se rappelait avec quelque confusion qu'en arrivant de sa province du Nord, elle avait égayé son oncle et ses amis par son inexpérience des arts, un jour, qu'en entrant au salon de peinture, si brillant, si tumultueux durant l'exposition, et si nouveau pour ses regards éblouis, qu'elle avait perdu la respiration, se demandant tout bas si elle entrait en paradis. C'était alors que revenait de Rome une femme citée naguère pour la grâce et la légèreté de sa danse; quand tout Paris, le Paris qui danse, qui vit de musique, de fêtes et d'idoles, quand tout ce Paris-là se précipitait chaque soir autour de ses poses légères et des pas innovés par elle dans cette carrière presque aérienne, où elle voltigeait, dit-on, élégante et fluide comme l'enfant divin de Prud'hon.

Déjà, quand la petite Flamande aux lèvres rouges, entr'ouvertes d'ignorance et de curiosité, entra tremblante dans le sanctuaire majestueux des arts, on ne se demandait plus : Avez-vous vu danser mademoiselle Lescot? mais : Avez-vous vu les tableaux charmans de mademoiselle Lescot? Le Baisement des pieds à Rome, Le Condamné à mort, la spirituelle traduction du Meunier et son Fils, et puis enfin, la Prière pendant l'orage, de mademoiselle Lescot? Et ce nom ailé, plein de grâce et de gloire, bruïssait partout aux oreilles timides et attentives d'Ondine, tandis que la foule tourbillonnant toujours, l'emportait à demi-étouffée devant ces tableaux qui intéressaient tant d'yeux et tant d'âmes, et venaient d'inscrire un nom de femme parmi les lauréats de l'école française.

Ce souvenir brillant passait quelquefois devant elle; il la faisait frissonner et sourire quand, retirée comme elle était alors derrière un immense paravent qui lui servait de cabinet d'étude, elle cherchait déjà dans le passé quelque espoir pour appuyer son vague avenir. Un nouveau tumulte dans l'atelier suspendit tout à coup son travail et son rêve.

III.

UN ÉLÈVE DE DAVID.

Abel aussi revenait de Rome. Son nom, prononcé par tous les écoliers qui l'entouraient, l'interrogeaient et l'étouffaient en l'embrassant dans un désordre de surprise et de plaisir, fit accourir de son coin la nièce de M. Léonard.

Elle s'aperçut la première qu'Abel était pâle et chancelant sous ses cheveux blonds et touffus et sous sa haute stature.

— Déjà ! dit-elle en lui offrant une chaise, et en l'examinant avec intérêt.

— Est-elle Flamande ! repartit M. Léonard. Est-ce qu'on dit jamais *déjà*, aux amis qui reviennent ?

— Cela veut dire : quel bonheur ! mon oncle. Et puis, n'est-il pas Flamand comme moi, lui ? Il entend bien, poursuivit-elle en le regardant du coin de l'œil intelligent d'une sœur.

Abel sourit, et son front pâle reprit couleur.

— C'est bon ! continua-t-elle en levant son doigt qu'elle agita près de sa bouche : j'en étais sûre. Est-ce qu'on reste à Rome, quand...

— Quoi! mademoiselle, qui savez tout. dit son oncle, qui ne savait rien.

— Quand on y prend les fièvres, mon oncle! Regardez comme le voilà fait! Il faut bien un peu d'air natal, et mille choses qui sont à Paris, pour se reposer de l'école romaine. Hein! monsieur, ai-je prédit juste?

La figure un peu altérée du jeune peintre éclata de bonheur. Il demanda l'entrée de l'atelier pour un compagnon de route, arrivant avec lui de Rome, passionné de peinture, Allemand de naissance, et d'une famille assez riche pour ne pas suspendre son existence au bout de ses crayons.

— Bravo! cria toute l'école; s'il peint le portrait, il pourra faire crédit à ses amis et aux amans malheureux; et s'il crée des chefs-d'œuvres, il pourra les garder pour lui.

— Oui! vive la peinture, quand on n'en meurt pas! dit Corbet. A bas les Vandales qui disent insolemment : gueux comme un peintre!

— Vous voulez bien le recevoir, n'est-ce pas, monsieur Léonard? lui, et ses cartons, n'est-ce pas?

— Parbleu! répondit M. Léonard, rayonnant comme les jeunes, est-ce qu'on est jamais de trop pour s'éclairer et pour apprendre? Et puis, présenté par vous, mon cher Abel, ne sût-il faire qu'une oreille, et moins encore, il sera reçu chez moi comme un Gérard Dow, ou un Ter Burg.

— Expliquez-moi ce que vous aviez l'air de chuchoter des yeux à ce cher et honnête Abel, qui en devenait rouge, demanda M. Léonard en dînant avec Ondine.

— Vraiment, mon oncle! c'est bien difficile à deviner! répondit sa nièce animée d'une gaîté caressante : vous ne savez donc pas, poursuivit-elle en avançant sa tête avec l'importance enfantine d'une confidence sérieuse.

— Rien ! sinon qu'il était parti pour Rome, et qu'il revient de Rome.

— Oh ! moi, je sais ! reprit Ondine mystérieuse et riante : il a pris le mal du pays à Rome, parce qu'il avait emporté le mal d'amour. Il est amoureux, mon oncle ! et elle appuya ses deux coudes sur la table, pour faire de la causerie et de la morale.

— Amoureux de quoi ? dit M. Léonard la bouche pleine.

— Oh ! vous verrez bien ! car je gage qu'avant six mois il est marié. C'est pour cela, mon oncle, qu'il voulait et qu'il a eu le prix de peinture. Ah ! mon oncle ! on dit devant vous tant de choses que vous n'entendez pas !

— Il paraît que vous entendez tout, vous ! répliqua M. Léonard en éclatant de rire. Et c'est juste, au reste ; vous êtes fille et curieuse !

— Pas curieuse, mon oncle. Je suis là, j'entends, et je retiens ce qui en vaut la peine. J'ai très-peu, bien peu d'histoires dans ma tête, mon oncle ! je n'ai écrit que celle-là.

— C'est-à-dire que vous barbouillez le papier que je vous donne pour vos dessins, avec les pieds de mouche indéchiffrables que j'ai déjà vus roulés dans vos cartons ! Faites-moi le plaisir de me montrer ce qui vous a passé par la tête sur Abel. S'il n'y a pas de quoi frémir, de voir une pauvre petite Flamande dégénérée, qui ne sait pas encore mettre une tête ensemble d'après la bosse, s'aviser de faire des esquisses d'après nature ! Allez un peu me chercher votre carton ; ce doit être beau !

Ondine resta droite et indécise, regardant si le front de son oncle grondait comme lui : mais il n'avait pas un pli, et ses yeux dansaient par l'effort qu'il faisait pour s'empêcher de rire.

— Voilà! mon oncle, dit-elle en posant un petit carton tout ouvert sur le coin de la table où son oncle mangeait encore quelques cerises qu'elle avait glissées devant lui; car Élisabeth ne pouvait pas toujours ajouter le luxe d'un tel dessert à l'unique mets dont elle chargeait leur petite table.

— Allez! allez à vos soins de ménage, mademoiselle : ôtez la nappe avec cette sage Élisabeth qui n'écrit pas d'histoires, dit M. Léonard en éloignant de la main sa nièce qui obéit, et il oublia quelques instans sa palette, pour parcourir ces papiers d'une jeune fille.

POUR MA SOEUR.

« Vous savez bien, ma sœur? Vous savez bien Abel, qui venait voir mon oncle, Abel qui est bon comme Philippe, et qui a peint la colère de Jacob dans un coin du Louvre, sous les verroux où nous ne pouvions lui crier bon jour et courage! qu'à travers la porte? Eh! bien! ma sœur, il est à Rome!

« On dit qu'il y a des fièvres, à Rome; des fièvres de gloire, d'ardent soleil, d'admiration, de fatigue; bien des fièvres, ma sœur! et il en a déjà une qu'il emporte; une qui lui a fait peindre la colère de Jacob, et gagner ce prix si souhaitable!

« Il était donc content de partir; mais il en était aussi bien fâché, parce qu'il avait de l'amour, comme Philippe en avait pour vous, quand il voulait être votre mari, quand il n'aurait pu vous quitter sans devenir malade. Si Abel allait aussi le devenir, de son amour et des fièvres de Rome ; il en pourrait mourir, et ce serait bien dommage ! car j'ai entendu raconter de lui des choses qu'il faut que vous sachiez, ma sœur, comme tout ce que j'apprends d'aimable à retenir.

« Il y a eu, durant seize ans, je ne sais quel voile triste sur sa naissance. Je n'ai pas bien compris ce que ses amis racontaient entre eux des premiers chagrins de son enfance ; mais c'était grave et touchant, car leur figure était émue et sérieuse.

« Il passait alors pour un orphelin, et il ne l'était pas ! Ce mot ! vous savez, ma sœur, comme il tombe sur le cœur de ceux qui sont aussi des orphelins !... J'écoutais donc avec une amitié triste tout ce que l'on disait d'Abel, et ses succès m'ont donné bien de la joie !

« Ce semblant d'orphelin s'est élevé sous le simple nom d'Abel. Pas d'autre nom. Et c'était triste, quand ce nom n'avait pas encore un pauvre petit rayon de gloire pour se soutenir seul dans le monde !

« Par cette espèce d'abandon, peut-être d'ignorance de lui-même et des siens, son caractère, vous l'avez pu voir, a pris une forme sérieuse et sensible ; privé de parens pour l'aimer, il a su de bonne heure se faire des amis pour le plaindre, pour l'attacher à cette vie où on le laissait entrer tout seul, pauvre Abel ! De sa petite province du Nord, qui donne la main à celle où nous sommes nées, ma sœur, et dont les clochers disent de loin bonjour à ceux de nos églises, on l'envoya tout jeune, tout vague et tout surpris, à Paris, pour y cultiver dans l'étude du dessin les dispositions étonnantes qui étaient nées en lui. Il eut le bonheur d'entrer tout droit dans l'école de David : c'était comme entrer dans la Légion-d'Honneur !

« Une main invisible et chère, dit-on, versait autour de lui, chaque année, le prix de sa mystérieuse existence; mais cette main, comme celle de Dieu, qui nous soutient, et que nous ne voyons pas, cette main, ma sœur, ne pressait jamais la sienne !

« Ce doit être cruel, n'est-ce pas, de ne pouvoir dire : Je vous remercie ! à ceux qui ont le droit de nous donner ? Aussi, quand, ébloui de ses peintures, et fatigué d'un travail assidu, il cherchait un regard intime et puissant pour le ranimer, il n'en rencontrait pas ! Je me figure, moi, qu'alors il levait les yeux au ciel, parce que j'y regarde souvent, et qu'il les rabaissait tout humides sur ses dessins épars, sur son isolement, et sur ce là-bas, là-bas..... qui serre le cœur, qui gêne la repiration, quand on dit : J'irai seul !

« Et puis David passait derrière lui, regardait, comme le soleil qui jette sa chaleur sur une jeune plante solitaire, il frappait doucement sur sa tête penchée, et lui disait d'une voix qui relève :

« Va donc! Abel! va donc! regarde bien là-bas, mon ami, tout au bout de mon pinceau : eh bien! c'est Rome; il faut que tu y portes de mes nouvelles; il faut que tu ailles saluer Rome de mon nom, et que le tien y entre en même temps!

« C'est dans une de ces heures d'abattement, sans doute, et en laissant errer ses yeux devant lui, qu'il a rencontré ceux d'une belle et douce jeune fille. Il faut croire, ma sœur, qu'elle le regardait comme il fallait pour lui donner bien du courage, car il travailla tant, et de son crayon et de son génie, et de toute son âme éveillée, que l'autre jour le prix est tombé sur son front tout jeune, tout rougissant, tout étonné d'une telle chose. David le pressa fortement contre lui avec cette affection émue, et profonde, et de père, qu'il porte à ses élèves :

« — Merci, Abel! lui dit-il; à Rome, Abel! à Rome! tu y trouveras de ma famille, Abel! Il faut que toute mon école rende visite à Rome, un laurier dans la main.

« Et c'est doux de penser qu'Abel est maintenant un rayon de plus dans l'auréole de ce grand maître!

« Mais la jeune fille, humble et douce, et puissante?... pensez-vous, ma sœur, qu'elle ne fût pas bien contente d'avoir un tel empire dans les yeux, et qu'ils ne se remplirent pas de joie et de larmes lorsqu'Abel courut lui porter sa couronne? quand il lui dit, d'une voix qui sortait libre de son cœur dilaté, que ce prix, ce triomphe, cet avenir qui s'ouvrait large et beau devant lui, tout serait pour elle, tout avec elle à son retour! Sans doute elle a pleuré, ma sœur, en disant : Adieu! au revoir! mais quelle jeune fille ne voudrait pas pleurer pour un tel au revoir! Quel bonheur de penser que toutes ne sont pas venues pour rien sur la terre, pour regarder vite et s'enfuir...... inutiles qu'elles sont au bonheur des autres!.....

« Ce qui vous touchera, je crois, c'est qu'il voulut, avant de partir pour Rome, revoir dans un pieux pèlerinage, son berceau caché, sa première école, ses premiers petits camarades, et passer devant une maison, une chère et imposante maison, fermée pour lui jusqu'alors comme les chapelles voilées par un grillage, que l'on salue en passant, où le cœur envoie une prière fervente, et où l'on n'entre pas.

« Ses jeunes amis, avertis de son retour, fiers de son bonheur, accoururent tous en foule au-devant de lui, les mains pleines de fleurs, l'attendre à la porte de la ville, cette porte épaisse et sombre de nos villes de guerre, aux lourds pont-levis soutenus par des chaînes qui tremblent et font du bruit sous les pas d'un enfant, où ils l'avaient vu passer en les quittant, si faible encore, si abandonné, pauvre Abel !

« Quand ils le reconnurent grandi comme eux, plus beau qu'eux par ce je ne sais quel éclat d'un grand courage, d'une jeune gloire et d'un pur amour, resté simple comme eux pourtant, modeste et toujours naïf; les voilà qui s'arrêtent, qui se taisent, qui pleurent; puis leurs âmes s'exaltent : ils l'entourent, le pressent, l'enlèvent dans leurs bras, où il perd la force de se mouvoir, et l'emportent sous les fenêtres de la belle maison fermée, en criant de toutes leurs forces : Vive notre camarade couronné ! vive Abel, qui part pour Rome !

« Ces acclamations passionnées de voix claires et perçantes, retentissent dans la petite ville calme et béante. La rue où ils s'arrêtent en est ébranlée, les fenêtres en frissonnent, une nouvelle et grande foule se répand et se presse autour d'une habitation élégante, qui dépasse les autres; le nom d'Abel couronné, d'Abel qui part pour Rome, y pénètre à travers les grilles dorées, les longs rideaux de soie, et les persiennes immobiles. O ma sœur! il se glisse enfin jusqu'au cœur du père d'Abel, s'y arrête, l'oppresse, et l'embrasse; la porte s'ouvre tout à coup avec bruit; Abel presque étouffé de terreur, ne pouvait pas s'enfuir : retranché là, mais vainement, comme au fond d'une forteressse, un homme presque vieillard, apparaît au seuil; il regarde, il contemple sur tous ces bras entrelacés et tendus, le jeune voyageur, le lauréat, ma sœur, tremblant, honteux, pâle de sa gloire, et joli, je vous assure. Je l'ai vu le jour du prix. Les yeux de l'homme se troublent; un bon nuage y passe et les mouille; son âme s'amollit; il étend ses deux mains émues, au-devant de ce fils si long-temps sevré du bonheur et du droit de dire : « Mon père ! » Il le crie, ma sœur, et son père crie : « Mon fils! mon fils! mon fils! » Il le pleure, il le grave et l'imprime par ses baisers sur le front d'Abel, à la face d'une ville entière, de ces jeunes écoliers stupéfaits du succès de leur action hardie, et qui pleurent aussi de joie en le voyant entrer palpitant sur le cœur ivre et saisi de son père; ils le suivent, muets alors, comme des vainqueurs étonnés sous ce toit plus haut que tous les autres toits, ma sœur! et si long-temps, si inflexiblement interdit à celui qui l'honore.

« Abel y reçoit tout haut un nom tout entier, fier de se poser sur lui, de se marier étroitement au nom d'Abel! d'Abel couronné! d'Abel qui part pour Rome!

« Pour moi, je pense que nous verrons un jour de beaux tableaux signés de ce nom-là! »

IV.

LA TÊTE DE MORT.

— C'est singulier, dit M. Léonard qui s'était remis à peindre, et après une pause : c'est singulier !

— Quoi, mon oncle ? demanda la jeune fille oublieuse qui regardait attentivement une tête de mort, et la dessinait tour à tour.

— On dirait que vous pensez quelquefois! poursuivit-il en touchant avec son appui-main le carton refermé.

— Quelquefois, mon oncle, quand le cœur me bat, répondit-elle sans perdre de vue la tête de mort blanche et polie.

— Eh bien, faites-moi le petit tableau que je vous ai commandé; faites-le même avec votre cœur, je ne vous le défends pas. Si vous le laissiez battre souvent pour autre chose que la peinture, il pourrait vous jouer un assez mauvais tour.

Ondine regarda son oncle avec tout le naïf d'une pensée de Greuze, et sans nulle arrière-prévision :

— Je ne veux apprendre qu'à peindre, mon oncle!

Elle croissait et respirait en effet sans danger au milieu de douze jeunes têtes ardentes qui lançaient des éclairs. Nul regard ne pénétrait jusqu'au fond du sommeil de son âme; jamais, plus que M. Léonard lui-même, elle n'avait pensé que rien dût l'inquiéter dans son calme, qui lui faisait comme une seconde enfance.

Les élèves de son oncle étaient ses frères d'atelier; elle les regardait et leur souriait, sans respirer au milieu d'eux autre chose que la peinture, l'harmonie et l'innocence. Elle glissait parmi ces êtres mobiles et enjoués, comme un ruisseau pur et libre qui réfléchit les objets qui l'entourent : mais les ruisseaux dépendent de la terre; un nuage les rend tristes, un orage les égare; l'eau se trouble et se trompe, et s'en va par un autre chemin. Ondine n'y pensait vaguement que sur un aveu de sa sœur : le jour d'un mariage d'amour, elle avait dit, cette sœur : — Il faut aimer ou mourir ! Ondine avait retenu cela ; mais personne ne l'en faisait apercevoir.

Elle dessinait donc sans distraction l'horrible tête où elle cherchait à retrouver quelques traits de la vie; ses petites mains rondes et potelées retournaient en vain cette stoïque étude ; de profil ou de face, dans l'ombre, en raccourci, c'était toujours la mort; toujours au fond de cette bouche creuse, aride et sèche, sans lèvres, sans voix, Ondine croyait entendre : — Toi aussi ! — Tu mens ! dit la jeune fille impatientée et un peu frissonnante ; je te forcerai bien à n'être plus si laide !

Elle fit courir alors son crayon avec une incroyable vitesse sur le papier, autour de cette tête trop exactement reproduite ; elle rougissait d'un air de triomphe, et sa main, qui tremblait d'action et de joie, volait sur le dessin en y jetant la pensée qui animait ses yeux d'un singulier éclat.

— Que diable fait-elle donc là ? dit M. Léonard en l'examinant de loin. A qui parle-t-elle ? Il se fit le plus léger qu'il put, et s'approcha sans bruit, regardant par-dessus l'épaule et la chevelure éparse de son écolière qui murmurait toujours, en avançant ses lèvres vermeilles et boudeuses : — Tu mens ! tu mens !

M. Léonard resta un moment stupéfait, puis il éclata de rire ; ce qui fit sauter Ondine hors de son escabeau, en poussant un grand cri.

— Vous voyez bien que vous avez peur, dit son maître en se moquant d'elle, et que c'est vous qui mentez à cette pauvre sincère, parce qu'elle vous dit une brusque vérité. Voyez ! elle n'a plus rien pour mentir à personne, non plus qu'à elle-même :

vous avez beau mettre des fleurs dessus, dessous, dedans et tout autour, ce ne sera jamais qu'une tête de mort, la seule qui ne mente plus! Il est pourtant certain désir que votre idée fait sourire; ces fleurs sont bien jetées; il faut arrêter cette esquisse dont je ne suis pas mécontent..... Cette pauvre petite! poursuivit-il en regardant alternativement les fleurs, Ondine et la tête de mort, comme elle ressemble à son père! mon pauvre Félix!... et ses yeux devinrent humides.

Il n'attendit pas, ce jour-là, que le soleil fût tout à fait couché, pour faire respirer quelques instans à sa nièce, l'air assaini des boulevarts et des jardins qui les entourent, et dont les parfums suaves franchissent les plus hautes murailles...

V.

LE PROCHAIN DE M. LÉONARD.

Le lendemain matin en descendant pour le déjeuner, qu'elle servait chaque jour avec Élisabeth, Ondine coupa gaîment les longues tartines natales, que M. Léonard aimait en souvenir de la paisible Flandre, et qu'il mangeait de même, en forme de prière.

Ondine cultivait avec piété ce talent inconnu ou dédaigné dans Paris, et sa récompense était d'entendre quelquefois son oncle lui dire : « Elles sont aussi étonnamment fines que celles de ma mère! »

Ce matin donc, elle le trouva contemplatif devant le tableau de chevalet qu'il composait alors.

— J'aurais besoin, dit-il, d'une jolie main pour cette jeune fille qui dessine.

Ondine quitta avec empressement les apprêts du déjeuner, essuya promptement ses petites mains d'enfant, et les avança ensemble.

— J'espère, s'écria son oncle, que voilà un mouvement de vanité bien conditionné! Je demande une jolie main, et vous avancez les vôtres : c'est comme si vous répondiez :

« Mon oncle! en voilà deux. » Après cela, soutenez que vous n'êtes pas pétrie de confiance et de bonne opinion de vous-même.

— Mon oncle, vous souhaitiez.....

— Et si je souhaitais tout à l'heure une figure de Michel-Ange, ou la Vierge à la couronne d'étoiles, d'Albert Durer, vous diriez sans hésitation : «Mon oncle, me voilà ? »

— Suis-je ainsi, mon oncle? dit-elle étonnée et triste ; ne voyez-vous jamais en moi le désir de ne pas vous être toujours inutile ?

M. Léonard la regarda sans trop savoir que répondre, car un père n'était pas plus accessible à la voix de son enfant, qu'il l'était à celle d'Ondine. Il lui pardonnait même jusqu'à son nom, qu'il trouvait absurde quand il avait l'humeur sombre; mais dont il jetait le ridicule sur la marraine al lemande qui en avait emmaillotté cette petite fille, comme une fée railleuse glisse un mauvais don sous la layette d'un bel enfant.

Leur silence, pendant quelque temps, ne fut interrompu que par le bruit des tasses, qu'elle essuyait à l'approbation d'Élisabeth, de manière à les rendre plus brillantes que neuves, et M. Léonard broyait un peu de noir, sans rien dire.

Dès qu'Élisabeth fut remontée dans sa chambre, tous deux cherchaient de quoi ils parleraient pour recommencer l'entretien, quand ils entendirent frapper, ou plutôt gratter doucement à la porte.

— Au diable les importuns! dit M. Léonard. C'est bien le moment des visites à huit heures du matin! Je parie que c'est M. Barbier, de plus en plus bossu, et qui ne vient pas une fois qu'il ne nous chante :

Sans chien et sans houlette. J'ai bien besoin de M. Barbier.

— Pauvre M. Barbier! dit piteusement la jeune fille, qui plaignait tout ce qui semblait déplaire. Il est vrai qu'il est plus bossu que jamais, et que c'est à peine si j'entends le souffle avec lequel il chante ; pauvre M. Barbier !

— Tant pis, répliqua M. Léonard en contenant sa voix : je n'y suis pas. Je veux peindre. Il est affreux que l'on vienne me voler mes heures de travail, les seules aimables de ma vie ; il est fort que l'on s'oppose à ma volonté de peindre : je n'y suis pas ! ajouta-t-il tout haut, emporté par l'impatience et tout à fait en colère de ce grattement qui continuait toujours, avec la petite toux factice de quelqu'un qui veut être entendu sans parler.

— Vous n'êtes pas indignée, vous!

Et il regardait Ondine, se persuadant que rien au monde ne pouvait l'émouvoir, puisqu'elle n'offrait pas le moindre signe d'altération dans ses traits. A la fin, il pose sa palette avec un profond soupir, enfonce son bonnet avec désespoir, entr'ouvre un peu la porte, sans antichambre, et sort bientôt tout à fait.

Ondine entendit d'abord un long chuchotement dans l'écho du corridor délabré; puis elle vit rentrer son oncle, lui faisant signe de se taire, bien qu'elle n'eût pas la moindre envie de parler. Il court droit à sa petite table de sapin, dont le tiroir, qui ferme à clé, lui tient lieu de secrétaire : après en avoir retiré quelque chose avec promptitude, il s'en retourne sur la pointe des pieds jusqu'au corridor, et rentre presque aussitôt, en saluant profondément et à plusieurs reprises, avec son bonnet de velours à la main, quelqu'un qui ne se laissait pas voir, et qu'elle entendit descendre.

M. Léonard paraissait ému; il passait sa main sur ses yeux, quoiqu'il se fût remis au travail et qu'il peignît avec action. Au bout d'un temps assez long, regardant fixement sa nièce, comme si elle suivait le fil de ses idées, il dit :

— C'est fort bien! et personne ne le plaint plus que moi; mais nous voilà un peu dans la peine, car je lui ai tout donné.

— Tout donné! à qui, mon oncle?

— A cet homme qui grattait, et qui est venu, par-dessus cela, me faire un mal épouvantable du récit de ses chagrins.

— Qui est-il?

— Ah! ma foi, je l'ignore. Vous devez sentir qu'on ne va pas demander à un homme qui pleure comment il s'appelle, avant de faire quelque chose pour qu'il ne pleure plus. D'ailleurs, n'y a-t-il pas une douceur infinie à se voir pris pour un préposé de la Providence? à oser le croire un moment soi-même? C'est une immense faveur de Dieu. Cet étranger a peut-être frappé inutilement à bien des portes; et rien ne doit être si affreux qu'un refus pour un homme qui s'est abaissé.... ou élevé jusqu'à tendre la main à l'homme!

Et puis, c'est un père de famille qui ne pouvait rejoindre son pays, ni ses enfans, sans le secours d'une somme que j'avais fort heureusement dans mon tiroir, le prix du portrait de madame Paulée, vous savez?

— La somme entière, mon oncle? dit Ondine en joignant les mains avec effroi; quoi! tout entière? tout ce qui nous restait?

— Parbleu! il le fallait bien, puisque c'était précisément ce qu'il lui fallait, à cet homme, ce dont il ne pouvait se passer pour retourner dans son pays, qui est à soixante lieues d'ici. J'ai tout calculé avec lui dans le corridor : il n'aura juste que ce qu'il lui faut. Il ne m'a pas trompé d'une poste, j'en suis sûr. Cet homme paraît d'une sincérité! Si vous saviez comme on l'a trompé à Paris! On devrait rougir. Il m'a raconté là en un quart d'heure de quoi écrire un volume, un triste volume, Ondine! de quoi faire fuir au bout du monde ces vilains hommes que l'on voudrait aimer. Mais vous ne me croyez jamais, quand je vous dis d'aller vivre au village.

— Ah! mon Dieu! répondit-elle, car elle pensait au lendemain, d'où cet homme étranger vous connaît-il donc?

— J'ai oublié de m'en informer; mais il m'a fort bien appelé par mon nom. D'où le sait-il? — Vous m'y faites songer. Peut-être le pauvre de l'autre fois qui l'aura envoyé. Enfin, je l'ai remercié de sa confiance; car, à tout prendre, c'est une très-bonne chose que d'obliger.

Ondine ne savait que faire, de sauter au cou de M. Léonard, ou de le gronder à son tour d'avoir ainsi donné toute leur fortune présente; elle se tut pourtant, essaya de sourire, et pleura. Son oncle, qui la regardait un peu inquiet, s'attendrit aussi tout à fait.

— Il est certain, lui dit-il en serrant affectueusement sa main dans les siennes, il est certain que votre main fera assez bien dans mon tableau. Au bout du compte, il n'y a pas grand mal que vous sachiez que votre main est jolie; d'autant plus que vous êtes élevée de façon à ce que l'orgueil ne soit pas votre plus grand défaut, quoique l'on dise que toutes les femmes lui sont fiancées en naissant. Vous avez même une foule de bonnes qualités qui me rassurent souvent : d'abord, vous tenez le linge avec un ordre admirable, vous marquez très-bien, vous m'avez fait ce tapis de pieds, brillant comme une mosaïque, et qui donne à mon atelier une tournure de musée tout a fait élégante; et cela, je dois en convenir, sans faire votre embarras et la capable; mais une chose dont il faut vous corriger le plus tôt possible, c'est de toujours pleurer comme vous faites : on dirait que vous avez lu des magasins de romans; si l'on vous gronde un peu, vous pleurez; si l'on vous dit que vous êtes une bonne fille, et que l'on finira par vous aimer, vous pleurez; enfin, si tout ne va pas à la satisfaction des autres, vous pleurez encore; vous sentez que c'est par trop, d'autant plus que vatre faiblesse me gagne de temps en temps, et qu'après ces serremens de cœur, je fais de la peinture détestable : celle de ce matin ne sera bonne qu'à jeter par la fenêtre. Cette tête de mort couronnée avec vos fleurs a dansé devant moi toute la nuit.

Ondine égaya le plus qu'elle put ses yeux rouges pour ne pas attrister son oncle, et lui demanda s'il finissait de déjeuner.

— A propos, répondit-il, il reste encore quelque chose de notre excellent déjeuner, un café supérieur, en vérité petite ; vous voyez bien que la Providence est toujours meilleure que nous; je croyais qu'il ne nous restait rien.

Elisabeth rentra demander à M. Léonard ses ordres pous le dîner : il regarda sa nièce; sa nièce regarda Élisabeth ; et tous trois demeurèrent sans parole.

—Bah! dit-il enfin pour se tirer d'affaire, on pense donc toujours à manger dans ce monde ? Mademoiselle Elisabeth se mit à rire, observant qu'on ne pouvait du moins y songer plus modestement.

— C'est qu'il y a un inconvénient aujourd'hui, Elisabeth; je n'ai pas un denier à vous donner.

— Que faites-vous donc de votre argent, monsieur? lui demanda-t-elle avec le ton d'autorité que donne aux femmes un grand esprit d'ordre; ce n'est pourtant pas moi qui en dépense le plus ici : et si l'on a toujours été aussi sobre que nous dans cet ancien couvent, les âmes qui l'habitaient ont dû s'envoler au ciel, légères comme des plumes.

— Expliquez-lui un peu pourquoi je suis plus pauvre qu'à l'ordinaire, Ondine, car il faut tout lui dire à cette infatigable demandeuse.

— Mon Dieu! monsieur, je ne le devine que trop, reprit-elle en grondant : j'ai vu d'en haut, roder dans les décombres, un homme qui avait bien l'air de chercher mon dîner; c'est toujours la même chose! Mais très-certainement, vous ne vous en passerez pas, pour le bon plaisir du premier venu qui viendra vous faire accroire qu'il est plus malheureux que vous. Au reste, je ne fais que mon devoir en mettant mes épargnes de côté pour les momens difficiles.

Là-dessus, elle sortit, se promettant bien de renouveler au portier ses reproches, de laisser monter à l'atelier tant de gens matineux, qui n'y venaient pas pour se faire peindre.

— Quelle excellente fourmi que cette pauvre Elisabeth! dit M. Léonard en la suivant des yeux : quand j'examine le dévouement de cette sage créature, je me sens plus heureux que si j'avais vingt mille livres de rentes; il me prend quelquefois envie de les avoir pour la récompenser un jour comme elle le mérite ; et puis, ma chère enfant, je serai plus tranquille sur vous dont l'avenir me travaille souvent. Et, j'y pense ! il faut que j'aille trouver ce bon de la Roche, qui me fait vendre mes tableaux, quand les riches qui les ont commandés me les laissent sur les bras ; j'en ai un, par parenthèse, qui donnera un peu de spleen à nos coloristes, je vous assure, petite · il est tout lumière !

— Où est-il donc, mon oncle ?

— Dans ma tête, répondit M. Léonard en ôtant la poussière de quelques petits tableaux retournés vers la muraille, et sans cadres. — Dans ma tête qu'il éclaire et qu'il échauffe souvent jusqu'au malaise : aussi, je ne peux pas toujours entendre de sang-froid vos excuses de jeune fille paresseuse. Ce n'est point par haine contre vous, ma pauvre Ondine, soyez-en sûre; non! il me semble que je ne vous hais pas du tout. Et il se hâtait de rendre quelque éclat aux peintures qu'il voulait vendre.

— Vous êtes si bon! mon oncle, répondit-elle en examinant avec intérêt les jolis paysages où son oncle faisait un choix pour y puiser une ressource d'argent; que cela est frais et riant! poursuivit-elle; oh! que j'aime celui-ci!

— Ce sont d'excellentes petites croûtes que je jette dans les coins pour les temps de famine. Mon grenier n'est pas abondant, par malheur : pas si croûte, toutefois, continua-t-il, en scrutant de près et de loin celui que sa nièce avait loué davantage. Comment donc! il vaut quatre napoléons, pour ce seul arbre, dont les feuilles bougent : on dirait qu'elles font du bruit sur ce petit fond plein d'air.

— Oh! mon oncle! quatre napoléons, dit-elle palpitante de joie.

— Six napoléons, mademoiselle, ajouta-t-il d'un ton plus résolu.

Ondine battit des mains avec confiance.

— Mais, je suis bon enfant! reprit-il comme un homme lassé d'une onéreuse modestie; pourquoi donc n'en aurais-je pas sa vraie valeur? Si Delaroche n'en trouve pas deux cents francs net, la peinture est perdue!

— Mais, celui-ci, donc? vous ne le regardez pas, dit-elle en désignant du doigt une toile plus grande, également retournée contre le mur.

— Arrêtez! s'écria M. Léonard en saisissant avec vivacité la main de sa nièce; vous ne toucherez jamais à cette toile, parce qu'elle est sacrée, entendez-vous?

Il y avait quelque chose de solennel et

de nouveau pour Ondine dans l'accent de M. Léonard.

— Je ne présume pas que vous l'ayez jamais regardée? ajouta-t-il avec gravité.

— Jamais, non, répondit simplement Ondine : elle était retournée; c'était comme enfermée, mon oncle.

— Oh! je suis sûr de vous comme de moi-même, dit-il avec un orgueil attendri. Vous êtes déjà d'une probité qui vous interdit tout espoir d'aller en voiture. Au reste, vous pouvez apprendre que je n'ai plus revu cette toile en face depuis douze ans. Il y a, poursuivit-il en y appuyant ses mains qui tremblaient un peu, il y a la poussière de douze ans, les regrets de douze ans, les prières de douze ans, là-dessus! Vous savez que, sans aller beaucoup à la messe, j'ai dans l'âme ce que Dieu demande à ceux qu'il aime... et qu'il éprouve!

Ondine écoutait et regardait son oncle, sans comprendre, mais avec une sympathie au-dessus de son âge. Il y avait quelque chose de doux et d'amer dans l'expression des traits du peintre, ordinairement calmes et reposés. Un cercle pâle se dessinait sous ses yeux noirs, et les creusait. Ce léger incident venait de toucher en lui une blessure; et ce fut vraiment avec la pitié muette d'un ange qu'elle fit retomber ce mot en elle-même : « Il a souffert! »

VI.

LE NID D'HIRONDELLES.

Elle demeura seule et rêveuse, après que son oncle fut sorti pour tenter la vente de son petit paysage, long-temps à la même place et debout; ses yeux retournèrent plusieurs fois vers cette toile protégée du mystère : et puis, elle s'en éloigna lentement ; et puis, elle nettoya son esquisse de la veille, afin d'étonner son oncle et de le voir content au retour. Ce qu'elle caressa le plus et réussit le mieux dans la parure de cette tête de mort, rendue avec une grande intégrité de forme et de couleur, ce fut une touffe de lilas qui pendait en couronne sur l'ivoire morne et saillant du front ; ce débris sans âme, au milieu de fleurs épanouies, semblait nager dans les parfums et la vie.

C'était un jour de grande fête ; elle travaillait au bruit monotone de toutes les cloches de Paris. L'immense carré vide que formait alors l'ancien couvent des Capucines, séparait ses hôtes rares du tumulte incessant qui plane à hauteur d'homme dans les rues bourdonnantes et assourdies de la grande cité. On y entendait les bruits du ciel. Elle travaillait donc les jours de fête, à l'exemple du maître, parce qu'elle savait et respectait la cause de cette apparente irréligion : c'était le culte et l'adoration de son oncle pour Raphaël.

Il se le représentait alors au Vatican de la pieuse Rome; les cloches tiennent tant de place dans le luxe religieux de Rome! Raphaël avait donc peint souvent au bruit pompeux des cloches; leurs sons inspirateurs l'avaient détaché des bruits vulgaires du monde, comme une grande voix qui prie entre la terre et le Ciel. Dans ces momens sans doute Raphaël créait ses anges, et leur donnait les formes suaves, entrevues dans les rêves divins d'une âme profondément éclairée de la prescience d'une autre vie Quand les clochesmanquaient à M. Léonard, il chantait, car il avait la voix belle et vibrante; et la musique italienne dont il avait fait une étude d'amour, permettait à son âme rêveuse de se révéler dans cette mélodie, qui dit moins, et qui exprime plus que la parole: le charme penseur d'un accent musical pénètre l'air et se répand, sans comprendre sa céleste puissance; le rossignol s'écoute en frissonnant; il s'arrête quelquefois de chanter pour ne pas mourir de tristesse : comme une jeune femme dont le nom pouvait devenir cher aux arts, fut condamnée à se taire, dans l'impossibilité d'entendre et de supporter ses propres chants d'une mélancolie enivrante, réagissant avec tant d'empire et de force sur son cœur, qu'elle pâlissait, fondait en larmes, et souvent finissait par perdre connaissance.

La voix de M. Léonard était religieuse : son écolière l'écoutait attentive, jusqu'à ce que la nuit tombât sur leurs tableaux, et finît l'enchantement de la peinture; souvent en broyant ses couleurs, en les distribuant sur la toile, la jeune fille se détournait pour essuyer ses yeux : car M. Léonard avait la voix de son père : il ne savait pas quel triste et pieux souvenir il éveillait en elle ; il ne savait pas qu'autrefois, quand elle était sur les genoux de son père, où on la croyait endormie, elle sentait son cœur se fondre et ses joues se couvrir de larmes, à ce timbre sensible et sonore qui tremblait dans son oreille. « La voix de Dieu sera comme cela, » pensait la petite fille, qui savait ses prières. Et sous le voile de ses cheveux blonds, elle se pressait sur la poitrine puissante de son père, comme si elle eût dit : Mon père, priez pour moi ! Ainsi cette voix retrouvée la faisait passer sous toutes les vives impressions du premier âge. Elle revoyait une rue flamande, calme, silencieuse, animée seulement en été par leurs concerts de famille, ou, le soir, autour de l'humble porte verte, on était assis sur la fraîcheur du seuil, formé d'une vaste pierre unie et bleue.

Puis, revenait l'aspect mélancolique d'un cimetière, qui s'ouvrait à la droite de l'agreste maison. Souvenirs de paix! de l'innocente union d'une famille alors entière : maintenant défaite! errante! amoindrie! vous lui rappeliez toujours qu'elle était orpheline; que la vie pour elle, ce serait l'isolement, l'étude, le goût solitaire des arts; et cette vie commençait à quinze ans : devait-elle toujours lui suffire? « Oui! oui, répondit-elle ce jour-là plus distinctement à elle-même, j'avancerai sans lever les yeux; j'apprendrai la perspective pour mes tableaux seulement; je passerai en m'oubliant dans le monde, dont je peindrai de loin quelques scènes animées; elles seront pour ma sœur, pour mon oncle; et..... Pour mon oncle et pour ma sœur; je ne connais qu'eux; plus rien qu'eux! Je peindrai les enfans. C'est beau les enfans! Je peindrai ceux de ma sœur, endormis sur ses genoux. Oh! j'ai bien du bonheur devant les yeux! dit-elle en les détournant de la tête de mort et les y reportant sans cesse. Oh! oui! ma vie coulera comme de l'eau sous les arbres. J'aime l'eau; je peindrai le paysage : on dit que rien ne calme mieux l'insomnie que de se figurer seul, au milieu d'une campagne verte, arrosée par des courans d'eau pure. On les regarde, on les écoute frémir dans les grandes herbes qui en sont lavées; une fraîcheur idéale d'abord, puis réelle, passe sur le front, et coule dans le cœur, et l'on s'endort. Je l'ai senti : j'ai bu cet innocent opium quand j'avais du chagrin, qui me donnait la fièvre...

Oh! que j'ai eu de chagrin! mais je n'en aurai plus..... Je serai heureuse de peindre, et je peindrai pour être heureuse! » Un soupir profond l'arrêta. Elle releva ses yeux sur le triste modèle qui semblait l'écouter et la regarder aussi : par degrés son cœur se serra; son pinceau refusa d'obéir; elle cacha son front dans ses mains, et fondit en larmes.

— Il faut que j'écrive à ma sœur! » dit-elle en s'élançant comme pour fuir le fantôme. Elle revint pourtant se placer devant lui, mais ne le regarda plus en écrivant.

« Vous souvenez-vous, ma sœur? sous le grand toit de notre cour, vous souvenez-vous d'un nid d'hirondelles? Selon l'opinion de mon père, il portait encore bonheur à notre maison, dont la paix commençait à chanceler sous des orages, dont je n'ai jamais osé chercher à approfondir les causes.

ici même, c'est comme si je vous en parlais à l'oreille, tant j'ai peur d'éveiller rien de ce qui pourrait trop me l'apprendre. Mais ce nid d'hirondelles, ce pauvre nid, je peux vous le rappeler, comme une des images restées le plus au fond de mon souvenir de ce temps-là ; de ce temps indécis et triste, qui me retrace pourtant toutes vos figures aimées, comme des portraits que je retrouverais au fond d'un tiroir.

« Je rentrais une fois de l'école, ivre de cette joie bondissante qui semblait toujours alors mettre des ailes à mes pieds ; ma sœur, vous souvenez-vous ! Il ne faisait pas nuit ; mais le jour n'avait plus d'éclat dans notre grande cour si propre, aux pavés gris, où il y avait de l'herbe. Je crois me rappeler qu'un air et un goût d'orage succédaient à une journée chaude et pleine de soleil : car c'est à travers cette teinte que j'ai vu, que je vois encore ce qui nous jeta tous dans un étonnement consterné.

« Vous étiez assise sur l'escalier de pierres qui descendait dans la cour ; vous faisiez les ourlets d'un bonnet de gaze pour le lendemain, une fête. Sans être encore arrivée jusqu'à vous, je vous criai, haletante : « Ah ! bonjour ! c'est toi ! » Vous me répondîtes, affairée et contente : « Ah ! bonjour ! Voilà mon beau bonnet ! Tu reviens ? » — « Oui. Où est maman ? où est mon frère, et mon père, et tout le monde ? » — « Là, là, et là, » me dîtes-vous en me montrant la salle à manger, le pavillon plein de fleurs, au-dessus du large escalier, et la grande porte, ouverte sur la rue. Je levai la tête vers la petite terrasse qu'on appelait la Plombière ; et je vis maman penchée pour nous regarder. Je tendis les bras avec amour : « O maman ! bonsoir ! me voilà ! » Elle sourit avec ses yeux si attirans! si clairs! si bleus! Et le ciel allait toujours se couvrant.

« Mais nous étions bien, tous ensemble, sous le même toit! Là, mon père, sur le seuil; là-haut, maman, que je voyais aller et venir, à travers des flots de linge blanc, comme la fleur des prés, disait-elle avec son orgueil de bonne ménagère, et le pliant dans des corbeilles pour le rentrer dans ses armoires luisantes. Vous, ma sœur, douce et heureuse, vous faisiez votre ouvrage de jeune fille; moi, enfant, je rentrais de l'école dans la maison bien-aimée. Nous étions bien! malgré le nuage qui pendait sur la rue, et rendait les murs blafards; malgré les cris qui sortaient, d'abord rares et plaintifs, et puis après, plus aigus, plus pressans, du nid d'hirondelles, palladium tremblant, comme j'entendais dire à mon père, mais où s'appuyaient toutes nos superstitions de bonheur. Vous souvenez-vous que les cris devinrent bientôt si âpres, si perçans, qu'ils attirèrent, un par un, tout ce qu'il y avait d'êtres vivans dans notre maison, et que chacun devint curieusement spectateur d'une lutte étrange, qui s'établit entre les habitans du nid, ménage depuis quelque jours moins harmonieux et souvent querelleur.

« La femelle avait fui sur un toit voisin du nôtre, qui s'élevait, je le vois encore, à une hauteur prodigieuse pour mes yeux de sept ans. Le mâle tenait sa place au nid, et couvrait ses petits de ses ailes étendues, jetant des regards fréquens et pleins de reproche, vers le toit, d'où la fugitive le regardait aussi, sans bouger. Quelquefois, après une contrainte convulsive, il s'élançait jusqu'à elle, tournait comme pour l'envelopper, se posait un moment pour discourir et plaider, on l'eût dit, au battement de ses ailes, au mouvement agité de sa tête, aux sons énergiques qui enflaient sa gorge; puis, il se renvolait à grand essor, comme pour entraîner et ramener sa compagne au nid, où il rentrait, le cœur palpitant, les yeux ardens de colère et de ressentiment, mais seul! toujours seul!

« Cinq à six voyages se renouvelèrent inutiles, pleins de sollicitudes, de prières, de menaces, inutiles, toujours inutiles! et, la fixant enfin d'un œil désespéré, la fureur parut s'emparer de lui, et faire trembler ses ailes avec tout son corps, qu'il appuyait à peine sur le bord du nid déserté : il arracha lui-même des plumes de sa poitrine, qui tourbillonnèrent dans la cour; puis, il poussa des clameurs d'une inconcevable détresse, qui parurent répandre une telle alarme parmi ses enfans, qu'ils se prirent à crier eux-mêmes, en aveugles qu'ils étaient encore, et à s'agiter comme pour se sauver de quelque grand danger qu'ils ne comprenaient pas. Leur mère, impassible, sans mouvement, mon Dieu! souvenez-vous en donc, ma sœur! regardait froidement cette perturbation saisissante, et demeurait loin, enveloppée avec ses ailes fortement ployées sur son corps, les amoncelant sous elle comme pour prendre un pied immobile sur les ardoises, que de larges gouttes de pluie rendaient déjà glissantes. Le temps avait la fièvre! Toutes nos têtes étaient en l'air; tous nos visages restaient avidemment tournés vers cette scène neuve, inexplicable; et mon père attentif, plus sérieux qu'il n'était d'ordinaire, disait de temps à autre : « C'est étrange! c'est triste! Quelle chose singulière!... Voyez-vous, ma femme? » poursuivait-il en regardant d'en bas ma mère, qui croisait ses mains avec une pitié profonde et une admiration désolée. Etait-ce l'orage qui la faisait paraitre pâle et terne, elle si belle! si brillante toujours, si rose, ma sœur, sous la forêt de cheveux blonds dont le poids adorable s'échappait souvent des fines dentelles qui la paraient? Que j'aimais ma mère!... Ma sœur, où est ma mère?... Je me sens à genoux devant son souvenir.. Quelle suite, et quelle liaison d'idées fondues ensemble ont, depuis, incrusté fortement son image dans cette scène d'hirondelles et d'orage!... J'en ai froid; et vous? Surtout en me rappelant mon père, qui l'aimait avec une passion si grave! si sainte! et si fidèle! Surtout en me rappelant ce nid, où le mâle abandonné se livra tout à coup à une douleur si frénétique et si puissante, qu'après avoir décrit plusieurs cercles de son vol irrégulier et nerveux, dans un silence imposant et lugubre, il se plongea tout entier dans le nid de ses pauvres jeunes, qu'il saisit d'un bec inflexible et déchirant. Remontant alors quatre fois vers le ciel (hélas! il avait quatre enfans), et comme pour rendre leur chute plus sûre, plus profonde et plus mortelle, il précipita les nouveaux-nés de toute la hauteur de son essor sur le pavé de notre cour, où ils s'écrasèrent tous, à mon désespoir : et vous tous aussi, vous vous mîtes à crier, à courir comme si vous y pouviez quelque chose! La tendre nichée ne bougea plus; le mâle triomphant, lui! remonta hérissé, frissonnant de toutes ses plumes, se poser devant sa femelle pantelante, pétrifiée d'horreur; mais qui, furieuse à son tour, se jeta dans l'air sombre, sillonné d'éclairs, et se mit à le poursuivre avec une vélocité prodigieuse, surmontant les cris d'une horrible victoire, par ses cris de mère, et des imprécations à déchirer son gosier;

je vois, j'entends, j'éprouve encore, qu'après avoir tous deux sifflé, tournoyé l'un sur l'autre jusqu'à nous éblouir, ils disparurent, et qu'il tonna!

« Le lendemain, il y avait des plumes et du sang par terre, et le nid détaché était tombé sur les pierres. Peu de temps après, je naviguais avec ma mère, seulement ma mère! vers l'Amérique, où personne ne nous attendait. Elle était muette, cette mère si charmante! elle était loin de vous tous, avec moi, son plus jeune et son plus frêle enfant; nous nous regardions avec épouvante, comme si nous ne nous reconnaissions plus; elle me serrait le bras, elle me collait contre elle à chaque roulis de cette maison mouvante, fragile et inconnue, dont les mouvemens la faisaient malade à la mort; et enfin, ma sœur, après trois mois encore, je revins seule, vêtue de noir, n'osant plus me bouger dans le monde, où la mort tourne toujours comme l'hirondelle furieuse; j'avais tremblé sous mon premier habit de deuil... et à présent, tout à fait orpheline, me voici chez mon oncle, qui croit que je serai peintre, et que je serai heureuse! »

Elle cessa d'écrire.

VII.

L'ÉCOLE BUISSONNIÈRE.

Son oncle, en rentrant au bout de quelques heures, la retrouva, la tête penchée devant son travail, doucement et profondément endormie; il lut le papier ouvert encore sur ses genoux; la regarda triste; leva la main sur sa tête, peut-être pour la bénir, et jeta une pièce d'or dans son tablier; elle ouvrit les yeux, prit la pièce brillante, regarda son oncle, riante et à demi éveillée;

— Les autres! dit-elle, en tendant ses petites mains ouvertes.

— Les autres? comme vous y allez, mademoiselle! vous croyez donc que le bien vient ainsi en dormant? Hélas! ma pauvre enfant, c'est tout ce que le sort peut faire pour notre service : vingt francs d'à-compte sur l'avenir et le talent de votre oncle; et le reste.... dans l'incertitude!

— Que cela d'à-compte, mon oncle! Quoi! sur un tableau si beau, si frais, si pur, où les arbres bougent dans un fond plein d'air! que cela d'à-compte! quel dommage! dit-elle tout à fait éveillée, les choses n'arrivent jamais comme on les arrange!

— Vous me volez cette idée, petite ; et je ne sais pourquoi vous vous donnez les airs de fouiller ainsi dans ma tête, comme dans une armoire qui vous appartient. En avez-vous la clé ?

— J'ai des yeux, mon oncle, et j'y lis quelquefois ce que vous n'avez pas dit encore.

— Vous y lisez donc que vous n'aurez jamais de meilleur ami que moi, Ondine ? Je le signe si cela peut vous consoler. Ondine l'effleura du regard le plus reconnaissant, et tint long-temps sa main tandis qu'il parlait.

— Sans les mécomptes qui viennent à la traverse, poursuivit-il, on pourrait bénir sa voie, son humble voie, comme celle d'un ruisseau de ma connaissance, et de la vôtre aussi, je crois : un ruisseau ! cela vous regarde. En allant, moi tout jeune, à Rieulay, peindre des ornemens de chapelle dans l'abbaye du village, je passais des heures de silence et de joie au bord de ce faible ruisseau, bienfaisant sans le savoir, mêlant le plus limpide et le plus amical murmure aux rêves que je bâtissais sur son léger courant. Je buvais l'avenir à son hymne humide et caressante : j'étais, mon Dieu! tout ce que je voulais être ; un jour Raphaël, ou Michel-Ange; un jour, le Tintoret, ou Salvator Rosa. Mon bon ruisseau ne disait ni oui, ni non, mais il allait, et semblait sourire comme l'ange aux rêves des enfans, comme votre ange gardien, ma bonne Ondine, à vos rêves du berceau, quand vous dormiez, du moins, car les yeux ouverts, vous étiez un petit serpent de turbulence. J'eus fantaisie un jour, moi, grand et raisonable, et qui représentais mon excellent frère Félix aux travaux de l'abbaye, de me jeter dans l'école buissonnière, et d'aller aussi, d'aller tant que le ruisseau me servirait de camarade et de guide. Je poursuivais donc la vie à cloche-pied; j'en ai honte quelquefois! il n'y a pas au monde de boiteux qui ait vécu plus sur une seule jambe que moi, qui en ai deux très-bonnes! pauvre voyageur claudicant, qui s'est laissé prendre aux détails de la route.

Dans le transport d'une telle liberté, je regardais avec un grand amour des voyages, le fond caillouteux et murmurant de l'eau, le cresson balotté dans mille globules de cristal, les poissons fins comme des aiguilles d'argent, qui semblaient m'accompagner et me dire : Allons! Et je me mis en effet à marcher comme un chercheur d'aventures, la tête tournée du côté du ruisseau. Je regardais aussi, de temps à autre, au fond d'un ciel bleu et chaud, où il me semblait voir des morceaux de dentelle lumineuse, des serpens de feu, des rayons brisés et glissans comme des lames de nacre à jour : La nature était transparente. Cette puissante lumière serait long-temps admirée par nos yeux ravis, si elle ne faisait pas cruellement souffrir la paupière, qui pleure, et qui s'abaisse forcément devant cette majestueuse fournaise, dont la source, par pitié peut-être, est encore invisible pour nous.

Mais vous n'imaginez pas combien je devins tout à coup malheureux, quand l'eau d'en bas, brillante et perlée, prit une teinte jaune et bourbeuse; quand je ne vis plus ni cailloux, ni poissons d'argent, ni fleurs flottantes comme à la danse des fées. J'avançai avec terreur, pour découvrir la cause d'une telle infortune, et je vis mon ruisseau refoulé par un autre, qui accourait se jeter sur lui, fier et impérieux, et le traversait avec tant d'arrogance, que mon humble ami rebroussait chemin en désordre.

— Et puis, mon oncle? dit Ondine avec l'intérêt d'un enfant qui écoute un conte.

— Et puis je rebroussai chemin avec lui, comme je viens de faire avec vous et mes vingt francs d'à-compte sur l'avenir. Voilà! voilà comme j'ai vécu jusqu'ici avec le bonheur : en surnuméraire patient et résigné. J'attends!

VIII.

LE PORTRAIT DEVINÉ.

L'AMI d'Abel devait enfin être admis et installé le lendemain dans l'atelier, et, pour cette fois, Ondine ne savait plus comment on allait respirer. Elisabeth comptait gravement les chaises, et cherchait, en se-

8.

couant la tête, la place impossible d'un nouveau chevalet; elle prit le parti de remonter à son travail, en disant à Ondine tout bas :

— Arrangez-vous, mademoiselle; je ne m'en mêle pas.

Ondine, découragée, hasarda ses réflexions à son oncle. Il lui répondit, sans se détourner du travail :

— Que vous êtes peu artiste, ma pauvre petite! Croyez-vous que je ne pense qu'à faire un salon de mon atelier?

— Quel salon, mon oncle! Regardez.

Il jeta un coup d'œil rapide sur l'encombrement, qui ne l'effraya point, et répondit froidement :

— On peut ôter le paravent et la cloison qui sépare l'atelier de votre cabinet de travail. Je ne vois pas qu'il soit bien nécessaire que vous vous isoliez ainsi aux heures laborieuses : petite paresse dont je ne suis pas dupe. Nous ne vous faisons pas peur, j'espère? Vous autres, jeunes filles, vous avez une retenue singulière ; mais elle ne m'en impose pas du tout : car telle qui rougit et se retire avec modestie loin d'un cercle de jeunes hommes, resterait peut-être avec un tout seul, s'il avait le bonheur de lui plaire. Je vous connais toutes, depuis la première jusqu'à la dernière.

— Ah! mon oncle! répondit avec courage la pauvre grondée, vous pensez donc du mal de Nathalie, votre élève de prédilection?

— Celle-là est un ange, dit-il; et vous devriez, la prendre pour modèle : si vous aviez le bonheur de lui ressembler, je vous peindrais en Rachel. Mais, grand Dieu! quelle différence!

Et il parcourait avec des yeux bienveillans et scrutateurs le maintien humble et le regard baissé de sa nièce, dont il voulait sonder le cœur.

— Et mademoiselle Dorival?

— Mille fois mieux encore! repartit-il d'un air triomphant : oui, mille fois, afin que vous le sachiez, observez-la : n'est-ce pas Virginie de Bernardin de Saint-Pierre? de ce peintre suave de la vertu, de la résignation et du courage réunis? Placez cette personne angélique dans un naufrage, vous la verrez disparaître, comme cette douce et gracieuse Virginie, qui se laisse glisser dans l'eau, plutôt que d'alarmer un moment la craintive pudeur. Vous me citez là des êtres adorables.

— Mais enfin, mon oncle, la petite Raphaële, baptisée ainsi par vous, si correcte, si miraculeuse de grâce, de couleur, et si peu fière d'elle-même....

— Celle-là est un être d'en haut qui s'est trompé de chemin, répondit le peintre avec un sentiment de respect; sachez qu'elle est plus belle à l'âme encore qu'au visage, et je présume que vous la trouvez ...

— Oh! parfaite! Que je l'aime! répliqua-t-elle avec une tendre réflexion.

— C'est fort heureux, poursuivit-il, comme si elle l'eût long-temps contrarié. Oui, elle est parfaite, et beaucoup plus que vous; apprenez-le de moi, ma nièce, car je vous vois venir.

— Non, mon oncle, je ne pense pas à moi.

— Vous y pensez, et vous allez modestement me chercher des anges pour vous mettre en comparaison avec eux! Ne vous gênez pas, mon enfant, vous ne parlez que d'êtres accomplis.

— Mais Pauline, mon oncle, que vous appelez la fée aux perles, n'a pas un seul de ces défauts de femmes dont vous les accusez toutes.

— Pauline, mademoiselle, ou la fée aux perles, comme vous voudrez, ira droit au ciel, quand vous pleurerez cent ans à la porte du purgatoire.

— Enfin, soupira la pauvre Ondine, toutes ces heureuses personnes, les seules à peu près que nous connaissons, n'ont à vos yeux comme aux miens que des vertus et des charmes : où sont-elles donc celles qui rassemblent tant d'imperfections?

— Cherchez! dit monsieur Léonard, après avoir hésité un peu pour cette dernière dureté. Cherchez! et conseillez-leur de ma part de se corriger un jour, s'il est dans la nature de la femme de tenter un miracle.

— Allons! dit-elle en rangeant tristement ses cartons, merci, mon oncle; car je vois qu'il faut tout accepter pour moi, étant la seule que vous n'avez pas nommée.

— C'est cela! dit-il tout content, nous y voilà. Vous avez l'esprit arrangé de manière que les conversations les plus calmes, les plus amicales, prendraient un tour amer, si l'on voulait s'émouvoir. Mais je ne m'émeus pas ainsi ; diable! je ne suis pas en ce monde pour vos petits caprices et votre bon plaisir : j'y suis pour peindre, si vous voulez bien le permettre.

Émile, qui frappa vivement à la porte, interrompit ces dernières paroles. Frère à peu près d'Ondine, et neveu du peintre dont il venait d'épouser l'autre nièce, Émile courut avec empressement regarder au chevalet si M. Léonard avait fini son portrait, dont il voulait surprendre sa femme. Une idée riante le parcourait tout entier, car ses lèvres prenaient à chaque instant la forme d'une bonne nouvelle, mais elle n'éclatait pas, et le silence continuait.

Enfin, il rompit brusquement l'émotion qui l'empêchait de parler, en disant vite et hardiment :

— Moi aussi, je suis peintre !

— Vous êtes peintre ! s'écria son oncle, et je ne l'ai pas vu sur votre figure ! Cela me paraît un peu fort ! Et dans quel genre, s'il vous plaît ?

Émile alors devint rouge comme un menteur ; puis il regarda Ondine et se remit à sourire d'un air discret.

— Y a-t-il du mal et du mystère à peindre ? demanda-t-elle : ta femme ne m'en a jamais dit un mot.

Alors Émile rit tout à fait en se penchant à l'oreille de son oncle.

— Bah! vraiment? répondit celui-ci avec une grande surprise; je vous en fais mon compliment sincère. Et il lui tendit la main. Cette pauvre Eugénie! déjà!.... Ma nièce, Emile fait des portraits!

— Ma sœur est donc.....

— Quoi? interrompit son oncle presque effrayé de son intelligence.

— Mais, très-pâle, s'écria la jeune fille en s'asseyant tremblante.

— Est-elle étonnante! repartit-il stupéfait : Émile, je vous le demande, une demoiselle de quinze ans qui parle ainsi! Ne dirait-on pas qu'elle est aussi mariée que votre femme?

Ondine devint rouge à son tour; mais elle poursuivit avec une imperturbable candeur :

— J'ai deviné, j'en suis sûre; je sens cela au battement de mon cœur; voyez, mon oncle ! voyez, Émile ! dit-elle en attirant leurs mains sur son cœur qui battait : j'ai bien entendu ce que vous disiez dernièrement d'une jeune dame Crussel, qui pâlissait

Émile tressaillant aussi de joie d'avoir été deviné sans rien dire, embrassa vingt fois sa sœur et M. Léonard avec l'ivresse d'un enfant sensible qui vient de remporter un premier prix.

— Je ne m'étonne plus si vous pressiez les séances avec tant d'ardeur, mon cher monsieur ! dit l'oncle en terminant et en éclairant d'un reflet de joie le portrait de l'heureux Émile. Ce ne sont pas vos seuls travaux d'architecture qui vous rappellent et vous arrachent à nous. Et moi, qui n'entendait jamais, quand vous répétiez à tous momens : Ma femme est bien plus belle ! ma femme est très-pâle depuis trois mois !

Plus belle, très-pâle, c'était clair comme le jour. Aviez-vous compris, vous, mademoiselle?

— Non pas alors, mon oncle; mais, tout à l'heure, c'est singulier, j'ai cru qu'on me le sonnait dans l'oreille.

— C'est bien! répliqua M. Léonard, je suis très-content de vous. Vous avez l'ouïe fine, et vous entendrez à demi-mot.

L'arrivée bruyante de Rodolphe, de Corbet, d'Edmond, de Jules, d'Antoni et des autres, compléta la joie de l'atelier. Émile, que l'on n'avait pas vu depuis long-temps non plus qu'Abel, fut entouré, caressé; ils parlèrent tous ensemble, dans l'empressement de savoir et de s'apprendre des nouvelles.

Ondine se sauva de ce curieux tapage. Mais sa petite chambre était trop voisine de l'école; elle n'entendait plus ses propres idées, non qu'elle écoutât les éclats de tant de voix qui se mêlaient, et qui parlaient mille fois plus vite que sa plume ne pouvait courir ; mais ce langage de jeunes garçons lui paraissait étrange ; elle n'en comprenait pas bon, et elle se réfugia enfin dans la chambre isolée et calme d'Élisabeth, qu'elle ne partageait que la nuit.

Assise au pied de son lit modeste, qui n'avait d'autre luxe qu'un long rideau de mousseline, sous l'étroite croisée que rafraîchissait un voile formé du vert tendre et des fleurs d'or de capucines, là où avait médité, soupiré peut-être quelque solitaire, Ondine, toujours heureuse d'isolement et de silence, écrivit :

« MA SOEUR !

« Que je suis bien ici ! Je pense, et je pense à vous ! Ma sœur ! ne grondez pas. Après la nouvelle que je viens d'apprendre, il n'est pas question d'être triste et de ne songer qu'au passé.

« Votre vallon qui se couvre de verdure, les hirondelles qui reviennent loger sous vos fenêtres... (que celles-là vous portent bonheur!) leurs cris qui vous remercient de n'avoir pas défait leurs nids; et cette belle eau fraîche, où j'ai vu glisser des cygnes si blancs : tout cela, et quelque chose encore, doit vous porter à l'indulgence : et, puisque vous me dites que mes lettres peuvent ajouter du charme à une telle existence, je vous en écrirai toujours et davantage : vous les lirez, s'il vous plaît, ma sœur, sous l'arbre de Judée, dont j'aimais l'ombre noire, quand j'y causais avec vous! Je vous écrirai souvent, car je sais que ce que vous voulez est en ce moment plus sacré pour nous. Emile vous dira comme j'ai compris vite ce qu'il souhaitait qu'on devinât. Mon oncle m'a un peu reprise d'avoir deviné ; mais pourquoi n'aurai-je pas deviné? Pourquoi aurais-je renfermé ce cri de joie qu'il a grondé? Faudra-t-il apprendre à n'être plus sincère? Je le serai toujours, ma sœur, en vous disant que vous m'êtes chère; que je suis contente de penser que vous êtes plus belle,... que vous êtes très-pâle : pourtant, cette idée que vous êtes pâle me fait pleurer...

« Ils sont tous là dans la fièvre de la composition. Nos plans sont tracés, nos palettes sont couvertes, et les premiers soleils d'avril nous ont fait nettoyer nos pinceaux. Ils disent que la nature nous appartient dès qu'elle s'éveille tiède et en fleurs. Mon oncle, pourtant, ne médit pas de l'hiver : c'est la saison, assure-t-il, où l'âme immobile couve les chefs-d'œuvres. Ma sœur ! où peindrai-je le mien? Quand je ferme les yeux, je cherche, et je crois entrevoir : mais les yeux ouverts, tout s'efface. Je ne sens plus cette puissance qui fait que, dans nos rêves, nous nous mettons quelquefois à voler sans effort et sans être étonnés. Avez-vous rêvé cela, ma sœur?

« Pour moi, l'autre nuit, cette vision m'a bercée et perdue. Je parcourais une immense maison solitaire dont toutes les portes étaient ouvertes : l'ange de la mort me poursuivait, il traversait les chambres inhabitées, et j'entendais le frôlement de ses ailes dans l'air, que je traversais moi-même sans toucher au plancher : je souffrais, je priais, j'étais haletante, et sur le point d'être saisie : la fenêtre m'a offert la seule issue que je cherchais des yeux et d'un cœur près d'éclater dans ma poitrine : j'ai tendu les bras, et je me suis abandonnée, flottante à ma grande joie, à ma si grande joie, que je me suis éveillée, et trouvée à genoux sur mon lit, dans une obscurité consolée par la lune qui semblait me regarder et me dire : « N'aie pas peur! » Aussi me suis-je rendormie jusqu'au jour... sans avoir vu Élisabeth que mes soupirs, m'a-t-elle dit, avaient attirée auprès de mon lit, durant ce rêve aux ailes noires.

« Mon oncle prétend que tout dort en moi; mais qu'il a de l'espérance dans mes songes : je tâcherai d'en faire d'autres. Le désir de reconnaître ses soins et de le voir content, dénouera mes ailes, et le talent dont je crois quelquefois sentir l'oppression.

« Ma sœur! ma sœur! si je n'ai pas de talent, vous m'aimerez encore, n'est-ce pas ? »

Émile allait partir, quand elle descendit précipitamment.

— Sans ma lettre! dit-elle.

— Il allait bien faire autre chose ! répondit son oncle : emporter son portrait dont les couleurs sont fraîches, et sans vernis, sans cadre, roulé comme un plan d'architecture. Parbleu ! continua-t-il en riant, vous qui faites des portraits, vous ne savez guère encore le soin qu'il faut en prendre. Allez ! mon cher Émile, allez retrouver votre femme et vos images : nous vous en-verrons celle-ci quand il en sera temps.

Émile embrassa tout le monde sans voir personne ; et chargé seulement de la lettre d'Ondine, il s'élança vers la vallée de Saint-Remi, sur la route de Normandie, qui était encore pour lui celle du bonheur. Il n'était marié que depuis un an.

IX.

YORICK.

— Appelez maintenant mademoiselle Élisabeth ; qu'elle dise au portier de venir nous aider à défaire cette cloison.

— J'y vais, mon oncle, dit sa nièce sans murmurer du sacrifice de sa chère cloison.

Elle courut elle-même pour épargner à Élisabeth la peine de descendre : en traversant les longs corridors de cette immense maison, elle rencontra des maçons qui retournaient au travail, et les pria d'entrer.

En un clin d'œil, la cloison, le paravent, les cadres qu'on y avaient suspendus, la niche aux papillons, seul trésor de M. Léonard, après la peinture et la musique, tout fut à terre, laissant chacun dans un nuage de poussière à ne plus se reconnaître.

Abel entra à l'instant même, tenant par la main le jeune Allemand qu'il avait annoncé, cause innocente du singulier agrandissement de l'école.

— Nous vous faisons place, monsieur, dit le peintre, gai et calme comme au milieu d'un ordre parfait; tandis que la pauvre Ondine, honteuse et suffoquée d'un tel bouleversement, et du vol tourbillonnant de la poussière, s'empressait à grand'peine de l'abattre avec son mouchoir. Les maçons attendaient immobiles comme des poutres, le paiement de leur service, et tout le monde se saluait, sans se voir, au milieu du voile poudreux qui s'établit enfin lentement sur les vêtemens et les cheveux de chacun.

Elisabeth croyant l'atelier enfoncé d'un étage, était descendue plus morte que vive. Elle emmena les ouvriers, et les paya bien pour les faire parler : ils répondirent de la solidité de la cellule pour dix mois au moins. « Bon! dit-elle : j'ai le temps de préparer mon dîner. »

Quand la poussière, entièrement assise, laissa distinguer les objets et permit d'ouvrir franchement les yeux, M. Léonard montra obligeamment au nouveau venu l'espace qu'on venait de lui improviser, et qu'il occuperait quand il voudrait. Ondine, pour excuser autant que possible cette confusion qui la faisait rougir, assura vivement qu'on s'y reconnaîtrait mieux une autre fois.

— Je m'y trouve déjà bien, dit l'étranger en la regardant en face et sans façon. Elle était si peu faite aux complimens avec ses frères d'atelier, qu'elle le regarda de même, et de tous ses grands yeux candides.

Elle eut le temps de voir une figure de vingt ans, pleine de vie et d'éclat, dont un sourire vrai tempérait la gravité; un regard aimable à rencontrer, s'il ne se fût pas un peu trop obstinément fixé sur ceux des autres, sans hardiesse toutefois, mais par un instinct d'observation, et pour y chercher le sens des paroles qui échappaient souvent à son oreille inquiète, dans la volubilité d'une langue qui n'était pas la sienne.

Il demeura bien assez long-temps encore dans cette première entrevue pour qu'Ondine, retirée en un coin, s'aperçût que sa tête dépassait toutes les têtes qui se levaient pour l'interroger ou pour lui répondre, et que sa physionomie, à travers les traits les plus réguliers qu'elle eût vus encore, variait avec une mobilité attachante et rare; qu'il parlait vite et bien; qu'il s'arrêtait tout à coup, comme s'il eût bégayé ou mal dit, regardant alors ses auditeurs avec un effroi d'enfant qui faisait souffrir Ondine, et sourire les autres comme pour lui rendre la parole, qu'il reprenait avec grâce et en s'inclinant pour remercier de la permission.

Tel était, avec sa taille svelte et libre, vêtu sans recherche et sans négligence, ce nouvel adepte, qui ne justifiait point l'idée qu'Ondine s'était faite des Allemands. Elle gardait dans sa mémoire ce qu'elle croyait être le type de la Germanie : les Allemands, suivant son souvenir, étaient le gros homme qui apparut, dans son enfance, chez son père, et dont les jambes, le corps et la tête formaient un bloc un peu mouvant, surmonté d'un grand chapeau vert, et qu'on appelait M. Gootman. Ce bloc, c'était l'Allemagne pour la jeune fille, et le nom d'Yorick Angelman, qu'elle venait d'entendre au milieu du bruit de sa présentation si peu cérémonieuse, acheva de déranger tout ce qu'elle avait retenu de M. Gootman et de la nation tudesque.

Quand elle se retrouva seule avec M. Léonard, elle promena un regard consterné sur les débris de son cabinet détruit.

— Qu'aura-t-il pensé, mon oncle? dit-elle avec inquiétude.

— Qui? demanda M. Léonard en clouant au mur son cadre de papillons; Abel?

— Non, pas Abel, mon oncle; il est accoutumé à votre atelier, lui.

— Ah ! l'autre jeune homme ? Il doit être content de nous, j'espère ! Vous plaisantez ! nous l'avons reçu comme un Dieu. Je suis aussi fort satisfait de vous, soit dit en passant : vous y avez apporté du zèle, de la promptitude et du désintéressement. Pauvre petite ! elle donne sa chrysalide avant d'avoir des ailes. Eh bien ! voyez ce qui en résulte : nous avons maintenant un atelier d'une dimension admirablement régulière ; je ne vois pas ce qu'on peut souhaiter de mieux. Cet Allemand serait bien difficile s'il ne revenait pas.

Ondine fut consolée.

— Et vous croyez qu'il reviendra, mon oncle ?

— Parbleu ! d'ailleurs, il est libre comme l'air, plus libre que mes pauvres papillons, que je me reproche souvent d'aimer pour moi plutôt que pour eux, et de les poignarder comme si j'en étais jaloux. Je vous atteste qu'il est libre comme l'air, et que je n'en aurai pas moins pour lui beaucoup d'estime.

— Et moi aussi, mon oncle.

X.

LES BIJOUX D'ONDINE.

Il revint en effet. Bientôt il manqua rarement une leçon de M. Léonard, et parut regretter de ne l'avoir pas connu lors de son premier voyage à Paris : car il savait un peu déjà ce Paris qu'il aimait et haïssait tour à tour avec une égale passion, et où il était ramené, selon lui, par l'ascendant de sa destinée. « Et vous, mademoiselle? c'est le hasard, n'est-ce pas? ce n'est point par goût? Oh! non, ajoutait-il en rêvant sur lui-même. Vous ne devez pas aimer Paris, vous!» Une autre fois il rêvait encore, et lui dit: « Si vous aviez une mère au fond de votre province, et qu'elle vous appelât, vous iriez, j'en suis sûr : reprochez-moi donc de laisser pleurer ma mère, et de faire semblant de ne pas l'entendre! »

Il y avait dans la voix de ce jeune homme, dans ses paroles imprévues et sérieuses, au milieu des éclats de rire des autres, dans son hésitation même à les prononcer, quelque chose de pénétrant et de confidentiel, qui donnait de l'intérêt à tout. Ondine étonnée baissait la tête sans lui répondre; et lui ne semblait jamais attendre qu'elle lui répondît.

Il faut le dire : deux mois étaient à peine écoulés depuis sa dernière visite, qu'en écoutant, avec surprise, ses paroles brèves et accentuées, ses yeux également parlans, qu'il plongeait devant lui comme s'ils les plongeait dans l'avenir, et toute cette figure, révéleuse à son insu d'une préoccupation profonde, qu'il croyait cacher, Ondine sentit une fois passer sur son cœur ces paroles qu'elle avait entendues et oubliées : « Il faut aimer, ou mourir ! »

« Et si on l'aimait ; répondit-elle vaguement à elle-même, oh ! comme on l'aimerait ! »

Elle ne faisait alors qu'attendre avec une sorte d'oppression les jours où elle était bien sûre de le voir. Un de ces jours, il ne vint pas : personne ne s'en aperçut autour d'elle. Ils étaient là, tous réunis au travail, comme autrefois :

— Il ne vient personne aujourd'hui! dit elle, et toujours elle croyait que l'on frappait. Elle sentit qu'il y avait pourtant bien du monde autour d'elle, dont le bruit l'empêchait d'écouter.

Il vint seul le lendemain, jour de repos, de congé, de fête. Par un contraste, elle trouva l'atelier tout rempli; elle ne s'aperçut pas que rien y manquât, et n'écouta plus si l'on frappait au dehors. Elle s'imagina même qu'il lui disait une chose d'une grande valeur, lorsqu'après un quart d'heure de silence et d'étude, il lui demanda poliment :

— Comment vous portez-vous?

— Bien, répondit-elle toute guérie.

— Ah! tant mieux! répliqua-t-il avec sa préoccupation. Et Paris, et l'univers furent remis en place pour Ondine.

— Monsieur! dit M. Léonard en le

voyant au travail à peu de distance de sa nièce, surveillez cette demoiselle, je vous prie, et jettez de temps en temps les yeux sur sa peinture; vos conseils ne lui seront pas inutiles, vous avez encore un peu de soleil d'Italie dans les yeux; je ne suis pas du tout content de ses ombres, et c'est à quoi vous réussissez bien.

Yorick jeta les yeux sur la toile, et parut l'observer long-temps, car il ne parlait pas plus que la petite artiste. C'était l'esquisse arrêtée dont M. Léonard avait dit du bien à la sœur d'Ondine : elle sortait alors des brouillards qui l'avaient enveloppée, et toute la pensée en était distincte. Des jeunes filles encore dans l'enfance, vêtues de blanc, couronnées de saule et d'églantines, tenaient les quatre coins d'un voile où flottait le cercueil d'un autre enfant plus petit qu'elles. L'air était plein de chaleur, et ce gracieux convoi suivait le sentier blanc formé au milieu d'un champ de blés, de lins et de fleurs, terminé par la chapelle ouverte et ombragée de lierre.

— Mademoiselle n'avancera pas, dit-il enfin, en choisissant un guide presque aveugle.

— Je ne choisis pas, monsieur, dit-elle contente, j'obéis.

— Cette petite main, s'écria-t-il tout à coup, est charmante, en vérité, d'une belle couleur et d'une pureté de forme...

— La main de cette demoiselle? dit M. Léonard. Je lui permets de le croire encore quelque temps, afin de l'engager à me la prêter pour modèle, après quoi, je lui conseille de l'oublier.

—Yorick, alors, détourna les yeux du tableau pour regarder la main d'Ondine qu'il n'avait pas remarquée encore.

— La vôtre est bien aussi, dit-il; mais pourquoi la gâtez-vous par toutes ces bagues inutiles: moins ornée, elle serait plus belle.

— Bravo! s'écria M. Léonard, excellente et courageuse observation: ces femmes! elles veulent être artistes, et ne sentent pas le simple; elles ont une peur du sévère, c'est-à-dire du vrai, comme s'il y avait quelque chose de plus beau que le vrai; il leur faut des bagues, des colliers, des broderies, qu'elles fourent partout: je vous laisse à juger, monsieur! des phalanges entières dérobées sous de grosses vilaines pierres, qui sont de l'effet le plus terne et le plus disgracieux en peinture; je me moque bien d'un diamant, moi, valût-il cent mille francs, s'il me rompt une ligne ou un contour admirable; voit-on une seule statue antique en laidie de toute cette boutique d'orfévrerie dont les demoiselles sont folles?

—Pas une, répondit Yorick distrait. Ondine ôta ses bagues sans rien dire. Le jeune homme la regarda avec un mélange d'étonnement et d'intérêt; puis, il retomba bientôt dans sa préoccupation habituelle, et devint presque triste.

M. Léonard, qui n'était attentif qu'à l'action de sa nièce, s'approcha d'elle, et lui frappa doucement sur l'épaule.

— Ce que vous venez de faire là est très-bien, Ondine; d'autant mieux, monsieur, que ce n'est point vanité de sa part : ces grosses bagues ne sont ses inséparables, que parce qu'elles viennent, les unes de sa mère, ce dont on peut juger par leur forme passée de mode, et cette autre énorme, moins moderne encore, de son bon père, dont elle honore le souvenir en gardant avec amour le peu qui lui reste de lui. Vous voyez que je ne dois pas être mécontent de sa docilité à nos conseils; on finit toujours par l'aimer mieux, après qu'on l'a un peu grondée.

Les yeux d'Ondine pétillaient de larmes et de joie.

— Mais ce n'est pas gronder, cela! n'est-il pas vrai, mon oncle? c'est corriger en ami.

Il y avait quelque chose de si caressant dans cette voix soumise, qu'elle passa dans la rêverie d'Yorick, et qu'il revint à lui-même, comme heureux de sortir d'un recueillement pénible; il se remit à dessiner près d'elle.

Tout à coup, il jeta ses crayons sur la table et se leva.

— Déjà! s'écria la jeune fille sans savoir qu'elle parlait.

— J'entends une compagnie joyeuse qui monte bruyamment, dit-il, et, je ne sais...

je suis mal avec le bruit... le travail me déplaît... et la gaîté davantage encore.

Ondine n'avait rien entendu.

Il prit ses gants et son chapeau avec tant de hâte, qu'il était déjà loin quand une dame élégante et parfumée entra, riant comme une folle, secouant la poussière et la chaux dont ses jolis souliers lilas étaient couverts, et s'appuyant sur l'épaule de M. Barbier, qui, en sa qualité de bossu, portait cette épaule juste à la hauteur du coude blanc et rond, que laissait à découvert un gant long, lisse et glissé jusqu'au milieu du bras de cette petite déesse de la mode.

XI.

ESQUISSE D'UNE FEMME.

— Ce bon monsieur Barbier, est-il aimable! dit-elle en pesant de tout son corps sur le petit homme chancelant, qui souriait sous la joyeuse égoïste. J'adore les hommes de sa taille, c'est d'un commode!... Merci, bon monsieur Barbier, poursuivit-elle en faisant voler jusque sur sa figure le léger mouchoir brodé qui enlevait la poussière de ses pieds

— C'est un papillon, dit M. Barbier, qui mentait à sa douleur d'épaule.

Le peintre les regardait faire : sa nièce, un pinceau à la main, pensait tout bas au brusque départ du jeune homme.

— Ah! monsieur Léonard! qu'il faut vous aimer, s'écria l'élégante, pour traverser ce déluge de briques rompues! J'ai cru que je mourrais de rire au milieu de ces ruines menaçantes, où M. Barbier a failli s'engloutir et disparaître pour me faire un chemin; je ne le reconnaissais plus : tantôt je le prenais pour un tas de plâtre, et tantôt je prenais un mur tombé pour lui. Dieu! quelle aventure périlleuse! c'est comme aux catacombes. Voyez si M. Barbier n'a pas l'air d'un moineau tombé dans la poussière! Et après avoir ri aux éclats de ce danger, elle ajouta: — Monsieur Léonard, quand quittez-vous cette horreur?

— Aussitôt qu'on en aura fait la plus belle rue de Paris, madame; jusque-là, j'y garderai ma cellule, sous Girodet, appuya-t-il avec un peu d'orgueil.

— Cellule! c'est vrai au moins, reprit madame Germeau; c'est une Thébaïde, que cela! et ce petit ange tout sérieux doit y faire de profondes réflexions.

— Les belles fleurs! dit la jeune fille, honteuse de sa distraction, en recevant des mains de madame Germeau le délicieux chapeau garni de blonde qu'elle venait de dénouer.

— Vous voyez, madame, qu'elle y fait toutes les réflexions de son âge et de son sexe, répondit le peintre.

— Oui ! oui, appuya finement M. Barbier, de son sexe ! Il faut toujours en revenir à la chanson : *Sans chien* :.....

— *Et sans houlette !* N'est-ce pas, M. Barbier ? s'écria vivement madame Germeau qui tremblait qu'il ne chantât. De grâce, respirez, pauvre ami ; vous n'êtes pas en voix, après vos évolutions dans les décombres, et vous nous garderez cela pour égayer nos séances : car je viens me faire peindre, monsieur Léonard, poursuivit-elle en se retournant vers lui ; voyez ! Et elle posa, avec la gracieuse conscience du vêtement le plus remarquable, et de la création la plus récente. Cette pose vous plaît-elle, monsieur Léonard ?

— Elle est peut-être trop bien, répondit le peintre ; car elle est un peu mieux que nature : et sans vous déranger d'avance, nous trouverons quelque chose qui vous fatiguera moins.

— C'est que c'est mon attitude favorite, monsieur Léonard ; une habitude de maintien est un trait de physionomie, vous le savez? Il faut que l'on dise, même avant de regarder la figure : Ah ! comme c'est elle ! ce que j'ai dit en voyant ma cousine Irma vêtue de rose. Toujours en rose, ma cousine Irma !

— Nous tâcherons, répondit gaîment M. Léonard ; car ce serait bien dommage qu'on ne vous reconnût pas. Qu'en dites-vous, petite ?

— Tout à fait, mon oncle ! répondit au hasard sa nièce, qui comptait avec saisissement, dans l'écho du long corridor, des pas qu'elle croyait reconnaître. En effet, on frappa presque aussitôt, et c'était lui, qui, lorsqu'elle ouvrit la porte, s'arrêta respectueusement devant elle, sans entrer d'abord.

— Un mot à M. Léonard, s'il peut l'entendre, mademoiselle?

— Vous n'entrez pas? dit-elle timidement. » Il s'inclina, et attendit.

— C'est vous-même que l'on souhaite, mon oncle, dit-elle en rentrant avec discrétion pour ne rien entendre. Mais elle ne savait que penser d'un commissionnaire, courbé sous le poids d'une statue, qui paraissait suivre et attendre les ordres d'Yorick.

— J'ai rencontré cet homme, qui cherchait après moi; j'avais oublié mon rendez-vous avec lui à votre porte : et je vous demande asile pour cette petite Diane, monsieur Léonard, dit-il au peintre qui restait étonné devant lui.

— Asile pour vous et vos amis, monsieur! repartit-il enfin. Vous savez comme nous faisons place ici, quand nous sommes trop à l'étroit.

— Il faut lui en donner une inamovible, répliqua le jeune homme, car elle sera trop bien ici pour vous quitter jamais; vous me permettrez de lui rendre son piédestal, un bout de colonne pour l'élever et la soutenir ; il a fait avec elle le voyage de Rome.

— Expliquez-moi......

— C'est pour l'étudier avec vos lumières, monsieur Léonard; et mademoiselle verra que ces mains sans bagues sont belles comme les siennes.

Madame Germeau cherchait durant ce temps, avec anxiété, où se cachaient les miroirs, dont l'absence commençait à l'agiter.

— Madame, vous cherchez quelque chose? demanda la jeune artiste.

— Un ami! cher enfant, qui me regarde et me réponde; un miroir, s'il vous plaît!

Est-ce que vous vivez sans miroir, pauvre fille? Pour moi, je ne peux m'en passer, même pour me regarder dormir : jugez quand j'ai une robe nouvelle du goût de celle-ci. C'est ma cousine Irma qui me l'a choisie; elle choisit mieux pour les autres, cette aimable cousine : aussi, je l'aime; elle lit si bien dans mon cœur!

— Oui, elle est bien belle, dit sérieusement la petite Flamande.

— Bien nouvelle, bien légère et bien originale, n'est-ce pas? Mais on a beau me le dire, personne ne m'en fait compliment comme un miroir. Monsieur Léonard, vous allez me gronder : vous me trouvez pâle, n'est-ce pas?

— Non, certes, madame!

— Si! je dois l'être; mais, c'est ma faute : je me suis réveillée à deux heures du matin, tout habillée devant ma glace. Je n'avais pu me quitter moi-même ; et je veux mon portrait dans ce vêtement, monsieur Léonard ! Celui de l'an passé ne me ressemble plus. La taille est horriblement courte, et le ponceau est en horreur ce printemps. Je veux que mon mari me voie toute sa vie comme me voilà. Il me semble qu'il m'aimera mieux. Un miroir ! petite amie, un miroir ! cria-t-elle avec le trépignement d'un enfant volontaire.

La nièce de M. Léonard apporta courageusement dans ses bras la glace à bordure gothique, qui lui servait chaque soir pour tresser ses longs cheveux, sa seule parure de toute l'année.

— Est-ce là votre ami, à vous, ma pauvre belle ? dit-elle, avec une tristesse comique. Ah ! mon Dieu ! Mais c'est comme un avare, ou bien comme ceux qui vous regardent sans vous voir, ajouta-t-elle en jetant un coup d'œil vif et prompt sur Yorick, dont le regard pris ailleurs n'était pas en effet admirateur pour elle.

— Monsieur Léonard, ne faites aujourd'hui que la robe, je vous prie ; car je suis changée, autant que j'en peux juger là-dedans, où je me vois comme dans un seau d'eau trouble.

Ondine n'écoutait pas médire de son miroir. Retirée contre son chevalet, elle subissait avec une résignation tremblante la comparaison sérieuse qu'Yorick semblait faire de ces deux jeunes femmes, en les regardant tour à tour sans affectation et sans parler. Ce fut la première fois de sa vie qu'Ondine se demanda avec frayeur : « Comment suis-je, moi ? Suis-je laide ? » Et ses yeux baissés vers la terre protestaient qu'elle ne s'était répondu rien d'encourageant.

Elle ne savait pas qu'une taille souple et

naturelle, une tête ovale et pure, des cheveux qui pouvaient voiler toute sa timide personne, ne constituaient pas une grande laideur. Mais cette robe divine, ces tissus, cette écharpe fluide, ces rubans, ces parfums, ces fleurs, cet air tour à tour languissant ou hautain, ces yeux inquisiteurs ou dédaigneux, tout cela formait un prestige, un spectacle, un rêve à facettes éblouissant! La pauvre petite Flamande, jusqu'alors, n'avait jamais pensé à la forme plus ou moins actuelle de sa robe de mousseline bleue, coupée à la vierge, dont la propreté lisse faisait toute l'élégance.

Madame Germeau n'était pas dans le secret de l'agitation qu'elle faisait naître. Une jeune fille retirée au fond d'un vieux cloître démoli, occupée tout le jour à tailler ses crayons, vétue en petite pensionnaire, et d'un maintien presque grave, n'était pas dans sa pensée au rang des femmes qui vivent et que l'on regarde : c'était un simple meuble d'atelier, en harmonie avec ce miroir couvert d'un nuage humide, où elle se regardait de temps en temps elle-même, parce qu'elle était indulgente, point moqueuse, et qu'il n'y en avait point là d'autres; comme elle se servait de M. Barbier, quand elle le trouvait à la hauteur de son coude, pour s'appuyer sur lui.

— Et madame votre mère? votre mère, madame, si bonne! si simple! dit M. Léonard avec intérêt, en traçant une esquisse de tous ces jolis riens, si frais, si chers, si essentiels pour madame Germeau.

— Toujours mourante, monsieur Léonard, répondit-elle. Ah! Dieu! ne m'en parlez pas tandis que vous me peindrez, bon monsieur Léonard, car ma figure serait toute bouleversée. Et elle effaça avec promptitude un pli qui s'était formé sur son front, qu'elle aperçut dans le miroir peu flatteur du bon peintre.

— Je n'en suis pas à la tête, madame, reprit avec douceur M. Léonard : je peux donc vous exprimer mon chagrin de celui que vous prenez tant de peine à cacher; mais sachant par M. Barbier que vous étiez partie pour la campagne, j'avais espéré que madame votre mère était mieux.

— Oh! le médecin m'en avait répondu jusqu'à mon retour, répliqua-t-elle vivement; sinon, j'aurais perdu ce beau mois des roses pour ma mère!... j'aime tant ma mère!... je n'aime que ma mère!... N'est-ce pas, monsieur Barbier?

— Sans doute, repartit M. Barbier en soupirant à la place de madame Germeau, qui posait. Mais il faut être raisonnable, ajouta-t-il lentement; car il respirait avec difficulté, et reprenait haleine au milieu des phrases; on sait l'ordre de la nature; Dieu lui-même a dit : Tu quitteras ton père et ta mère...

— Assez! assez! interrompit-elle avec une autorité charmante; on ne dit pas ces choses-là au moment d'une grande affliction, et quand on se fait peindre; on prend son temps, monsieur; c'est bon la veille ou le jour. Mais il adore les citations, et c'est perfide. C'est une de ses passions malheureuses, comme le chant. Vite, monsieur, parlez d'autre chose, ou je vous boude, et je ne sors plus avec vous.

— Elle est enjouée jusque dans la douleur, dit M. Barbier à demi-voix; c'est une grâce de son caractère, et un bienfait du ciel, qui fait toute notre espérance dans le coup qui va la frapper!

Madame Germeau, pour ne pas décomposer encore sa figure, prit le parti de ne pas entendre ces terribles paroles, et M. Barbier se tut.

Après un temps décent, il se remit à fredonner timidement, pour ramener un peu de gaîté dans la physionomie du modèle. Yorick salua profondément, et disparut.

— Quel est ce loup? demanda madame Germeau, après l'avoir suivi curieusement des yeux.

— Un Allemand, madame, qui revient de Rome, où son goût pour les arts...

— Merci, monsieur Léonard; je le sais par cœur. Un Allemand! c'est tout dire. Ce nom est une physiologie, ajouta-t-elle en dévorant un petit bâillement expressif, qui ne fut point du goût de la jeune Ondine; il a l'air, en effet, d'aimer les statues! Celle-là est froide comme la neige; trouvez-vous pas? Il me semble qu'elle n'aurait pas la moindre tournure, habillée comme nous.

— Ce n'est pas le même genre de beauté; mais les Grecs étaient fort amoureux de celle-ci.

— Parce qu'ils ne connaissaient pas nos modes, ces bons Grecs.

Elle se leva fatiguée de se voir toujours terne dans la glace, et lui tourna le dos; mais elle poussa un cri de joie en regardant l'esquisse de sa robe, amour de son cœur, rêve de sa nuit, et dit enfin solennellement:

— Monsieur Léonard, vous n'avez rien fait comme cela, vrai! C'est fantastique! aérien! Le portrait d'Irma, avec son théorbe et son cachemire, pèsera deux mille auprès du mien; et puis, ce théorbe est d'une prétention! C'est comme si Irma disait: « Voyez! j'ai un théorbe! Je joue du théorbe! Il n'y a que moi qui sache ce que c'est qu'un théorbe! » Ici, du moins, tout est vrai; de bon goût, n'est-ce pas? Si mon mari me refuse quelque chose, après un tel présent, c'est qu'il lui manque une âme... de mari, s'entend : car une âme comme tout le monde, il l'a, j'en conviens.

— J'aurais pensé, madame, qu'il a l'autre aussi, répliqua M. Léonard, qui la faisait parler par étonnement, et qu'il ne vous refuse jamais rien.

— Si! monsieur Léonard, reprit-elle sérieusement, et comme avouant à regret ce tort, le seul réel dont elle pût accuser son mari. Il m'a refusé hier une parure urgente; un chapeau : point cher, cent francs, et qu'appelait à grands cris cette robe-modèle.

— Ah! diable! dit M. Léonard en regardant l'autre joli chapeau, qu'il croyait du jour même.

— On n'imagine pas, monsieur Léonard, quand on ne voit que l'extérieur des ménages!... Mais il faut avouer, ajouta-t-elle avec l'empressement d'un enfant rapporteur qui a quelque effroi d'une révélation grave, il faut avouer que j'ai cédé sans révolte à sa prévoyance : je dois prendre le deuil dans si peu de jours, pauvre mère!... que peut-être j'aurais mis deux fois à peine le charmant chapeau qu'il me refuse; et la raison, monsieur Léonard, est une chose ennuyeuse, c'est vrai, mais bonne à consulter quelquefois. Moi, je m'y rends toujours, après mes premières larmes.

— Comment voulez-vous que son mari ne l'idolâtre pas? dit M. Barbier, attendri. C'est une petite magicienne, monsieur! elle a plus de raison que nous, les vieux!

— Venez, mon page! s'écria-t-elle étourdiment. Vous savez, M. Léonard : au temps du moyen âge, une jeune dame châtelaine avait un page, tout petit, tout petit, et tout...

Elle s'arrêta pourtant, en parcourant de la tête aux pieds M. Barbier, qui préparait son épaule, et laissant écrit sur ses lèvres rieuses le mot *nain*, qui le peignait au vif.

Après avoir pris l'heure d'une nouvelle séance pour le lendemain, cette apparition bigarrée disparut de l'atelier monotone, et tout rentra dans l'ordre à ce coin paisible de l'ancien couvent des Capucines.

XII.

LE PETIT PEINTRE.

Tout y redevint calme, jusqu'au cœur de la jeune fille, qui, cette fois, eût remercié à mains jointes Yorick d'avoir mérité ce nom de loup, qui l'avait néanmoins fait rougir de tendresse offensée.

Pas une réflexion ne lui échappa pourtant contre la dame, plus jolie que nature, selon l'avis de M. Léonard, et qui les quittait si bruyamment.

Cette discrétion, dont il lui savait gré en lui-même, l'alarma tout à coup : car elle pouvait, pensait-il, n'être qu'une apathique indulgence; et il s'écria :

— Vous conviendrez pourtant qu'elle révolte, avec sa tendresse pour sa mère !

— Je n'ai pas bien entendu tout ce qu'elle disait, mon oncle; et puis, elle est si jeune ! répondit l'autre enfant; et puis, Paris fait tant de bruit ! On ne s'entend pas penser dans la foule. L'enfance d'une femme doit se prolonger bien long-temps à Paris.

— Moins qu'ailleurs, je pense, répliqua M. Léonard en examinant la physionomie juvénille et diaphane de sa nièce. Après cent ans de séjour à Paris, par exemple, on retrouvera toujours en vous quelque empreinte du cachet paternel et des enfans du Nord.

— Eh bien! mon oncle, c'est unique! dit-elle avec un air tout à fait tendre et réfléchi, il me semble aussi, quand je vous regarde, que je revois nos remparts et leurs grands arbres, toute la maison de mon père, si close en hiver, si bonne aux pauvres soldats blessés!...

— Je ne veux pas m'apercevoir que vous avez une larme qui tremble, et qui va tomber de votre œil, répondit M. Léonard; et cela, pour ne pas me mettre en colère.

— Ouvre donc, Léonard! cria du dehors une voix claire et brève.

— Vous allez juger si l'enfance se prolonge à Paris, dit le peintre en allant ouvrir lui-même. Mais vous le connaissez bien, ce petit homme précoce. Il me surprend toujours un peu. Son jugement me fait l'effet d'être éclos en serre chaude, comme sa personne. Je l'aime par étonnement.

— N'est-ce pas Paul, que vous voulez dire?

— Léonard! es-tu là? répéta la voix presque impérieuse. La porte s'ouvrit.

— Bon jour! Léonard, dit Paul en secouant familièrement la main du bon peintre et allant droit, sans le regarder non plus qu'Ondine, devant le chevalet chargé de peinture, où il demeura long-temps pensif.

— Veux-tu me permettre? demanda M. Léonard en passant doucement entre le chevalet et lui. Paul se rangea tranquillement, et regarda par-dessus l'épaule de son ami. Il y eut encore là un long examen muet de la part du petit Paul, dont les yeux noirs et vifs se plongeaient de côté, en regard d'oiseau, en observateur consommé, sur toutes les parties du tableau commencé.

C'était une jeune fille dessinant pour son frère, plus enfant qu'elle, le portrait d'un gros chien bien-aimé, posant avec une gravité soumise sous le doigt levé de l'enfant.

Paul n'ouvrait pas la bouche. M. Léonard se retourna tout à coup, et frappant légèrement le front de son juge avec son appui-main : Eh bien! mon vieux, qu'en dis-tu? demanda-t-il gaîment.

— Pas grand'chose aujourd'hui, répondit Paul sec et grave; ton esquisse me paraît devenir un peu croûte; tu l'avais jetée plus franchement, plus nature; je n'en suis pas content : ta palette est terne, comme si tu avais peur de te faire mal aux yeux par des teintes brillantes.

— Diable! tu me décourages! repartit le peintre en souriant.

— Ce n'est pas mon intention, répliqua

Paul; mais tu me le demandes! et tu sais que je dis ce que je pense; je ne viens pas te voir pour te flatter.

— Tu fais bien, Paul, car il y a toujours du bon dans un jugement sévère; mais ce mot *croûte* est peut-être un peu dur entre amis; tu sais qu'une vérité amère peut s'envelopper d'une caresse.

— J'en dis bien d'autres à tous mes peintres, je t'assure, Léonard; et ils te valent bien, je crois. Il ne faut pas traiter les hommes comme les enfans; je ne peux pas sentir la mignardise.

— Allons! tu as du courage, et cela va bien avec ta taille. On ne peut pas encore dire avec toi que la lumière vient d'en haut; mais Daniel n'avait pas plus que ton âge quand il répandit la lumière; et puis, tu grandiras, Paul, et tu auras j'espère un grand talent.

— Je l'espère comme toi, Léonard.

— Et je t'y engage, Paul, car, si tu me manques de parole, je te servirai toutes tes flèches, pour te *recaler* et t'éclairer à mon tour; je ne les garderai dans ma mémoire que pour cela, mon ami. Et il lui pressa cordialement la main.

— Je t'en remercie d'avance, Léonard. Et il se remit en observation.

— Ce diable de Raphaël, vois donc? il ne s'est pas égratigné, dit-il en regardant un portrait de Raphaël que M. Léonard avait copié fidèlement. Sais-tu que c'est une tête idéale de beauté? je n'ai jamais vu d'homme comme cela; et toi?

— Il a surtout des traits aimables, dit M. Léonard charmé, et c'est vrai, peu d'hommes ressemblent à ce frère des anges. J'en connais un pourtant qui a beaucoup de ces traits qui prennent le cœur; c'est un jeune Allemand, qui a fait le voyage de Rome en même temps qu'Abel. Il n'a pas l'air de se douter de sa ressemblance avec le grand maître ; toutefois, c'est cette beauté insoucieuse, ce génie au repos que voilà! Je serais surpris qu'il n'eût pas aussi des bottes de sept lieues, avec lesquelles il dépassera beaucoup de nos peintres. Tiens! voilà une petite chose qui te le fera connaître; deux pêcheurs napolitains, dont l'un est tout à ses filets qu'il couve des yeux, et l'autre à quelque objet invisible pour nous, qu'il semble chercher dans l'espace, où il est bien entraîné et perdu. Il aime ces scènes qu'il traduit avec un rare bonheur. — Paul était rouge d'intêret et d'attention, tandis que M. Léonard continuait avec complaisance : cette sphère spéciale dans laquelle il s'enferme encore, comme un ermite dans sa cellule, prouve ici le discernement de ses forces, il est solitaire dans son talent; mais il est vrai, son crayon fortement accentué, n'accuse que ce qu'il a vu, et qu'il reproduit d'une manière énergique et intelligente. L'hirondelle ne fait que des nids, mais ses nids sont sublimes, elle y met l'âme d'une mère, et là dedans je vois l'âme d'un peintre; cela me réchauffe. Vois, comme ces clairs sont bien touchés! ils ruissellent jusqu'au bord des ombres, cette lumière a du mouvement, comme celle que Dieu nous a créée. Le cadre est étroit, mais il fait du jour dans l'atelier. Tu sais mon faible pour les peintres coloristes. Ah! la vie est si belle! quand elle est belle!...

Le portrait de Raphaël bougea aux yeux d'Ondine; l'entrée subite d'Yorick l'eût frappée de moins de surprise; et voilà tout l'atelier qui s'éclaire et se peuple de ce portrait radieux, jusqu'alors un peu poussé au noir, comme disait le maître : et voilà Paul qui parle, raisonne ou déraisonne, sans être entendu. La jeune fille était réfugiée au pied du tableau; son âme y était en prière; sa chaste rêverie avait trouvé un point fixe dans l'absence, un asile, une espérance.

— Puisque tu es en train de gronder, Paul, gronde cette demoiselle: elle n'est pas contente du Déluge de Girodet. Et je te le demande! On dirait que cette grande page s'est déroulée pour saluer l'époque de ta naissance.

Paul siffla tout bas en souriant, avec l'intelligence que son vieux ami se moquait de lui.

— Moque-toi d'elle à ton tour. Elle trouve ceci, elle trouve cela : elle veut, je crois, le refaire. Cette critique ne te fait-elle pas frémir ?

Paul regarda la nièce de M. Léonard, prise ailleurs; il avança les lèvres et haussa les épaules, avec le sang-froid d'un juge indulgent, qui dit : Pitié! M. Léonard était aux anges.

Le peintre qui trouvait sa palette un peu dépourvue, chercha des yeux ce qui lui manquait; et ses doigts indécis erraient au-dessus de sa boite à couleur, parmi les nuances qu'appelait son instinct.

— Tiens! dit Paul en lui présentant la teinte qu'il croyait convenable : voilà ce que tu cherches.

— C'est ce qui te trompe, répondit M. Léonard avec une douce raillerie; ce que je veux n'est pas bleu d'outre-mer; ce n'est ni de la laque, ni rien de ce que tu broies dans ton intelligence. Tes calculs ne sont pas les miens; ton instinct n'est pas ma pensée; ta fièvre ne brûle pas de mon sang;

et ton inspiration bonne, en elle-même, ferait peut-être un trou dans mon tableau. Ce que je veux est partout et nulle part! Ce que je veux n'a pas de nom. Ce que je veux! c'est la grâce harmonieuse, plus fluide que l'aile d'un papillon, dont la poussière ne fera plus le mouvement et le velouté : ce sera de la cendre, et je n'en veux pas! Je veux un rire d'enfant pour effleurer ces lèvres que voilà. Enfin, ce que je veux, c'est la vie! en vends-tu?

— Trouve-la donc tout seul, répondit Paul sans s'émouvoir; et verse-moi là-dessus une goutte du Poussin, ou du Tintoret, que tu adores. Frottes-en les tableaux qui te font mal à la tête. Moi, vois-tu, je sauterais à pieds joints sur toutes les lenteurs, qui me font bouillir le sang et la cervelle. Quand je me plongerai dans la peinture, moi! ce sera bride abattue, comme l'empereur dans la gloire. Voilà comme j'irai, tiens! poursuivit-il en relevant ses cheveux avec impétuosité; et saisissant d'une main hardie le pinceau d'Ondine, il barbouilla, sur une toile nue, l'énergique profil d'un vieux grognard.

M. Léonard sautait de joie. Ondine regardait Raphaël; et Paul, après cette gambade d'écolier, remit avec calme le pinceau et la palette.

— Ecris ton nom et ton âge là-dessous, dit M. Léonard; douze ans, et Paul de L***.

— Je ne signerai que les tableaux qui me feront honneur; répondit l'enfant: ceci n'est qu'une saillie de colère. Adieu, Léonard; j'oubliais de te dire que mon père est brouillé avec toi, si tu ne viens pas dîner avec nous demain. On ne peut t'avoir qu'à la centième invitation. Tu es assommant, Léonard!

— C'est pour te faire grandir, répondit gaîment le peintre.

— Écoute, Léonard, ne badine pas, et viens. Sinon, je te déclare que je ne te dirai plus rien ; je garderai mes conseils pour moi. Tu viendras, n'est-ce pas ? Adieu, Léonard. Et le voilà parti.

XIII.

LE FESTIN DE L'ATELIER.

M. Léonard revint lui-même, en se frottant les mains, devant cette tête improvisée; et, de près et de loin, elle lui semblait toujours pleine d'espérance; et il faisait claquer ses doigts, en roulant sur ses lèvres son souffle, à l'imitation du Syrinx : c'était sa fanfare, quand il avait la joie au cœur.

— Je vous le demande, se dit-il à lui-même, ce bambino, qui casse ainsi sa coquille, ne sera-t-il pas un aigle, s'il a le temps de pousser toutes ses plumes? Je me fais une joie de le voir un jour éclore tout complet. Il m'échauffe, moi, ce petit malhonnête; j'en suis fou. Il aura la gloire un peu raide : tant pis! mais il aura de la gloire, et, ma foi, elle est bonne à respirer en passant. Il est vrai que c'est plutôt un parfum qu'une substance; mais elle sèche la boue dont nos sentiers sont froids, pour nous qui marchons à pied. Enfin, je l'aime mieux que ce petit magasin de modes, fort jolie d'ailleurs, mais qui n'a dans sa tête que des chapeaux et des aigrettes. Paul, du moins, avait ceci dans la sienne. C'est une leçon qui en vaut bien une autre, et qui ne nuira pas à mon tableau.

Il s'agit, pour l'instant, d'autre chose. Vous ne devineriez jamais jusqu'où vont mes prétentions au bonheur, depuis que l'homme du corridor est venu me demander notre argent pour retourner en Flandre. Il m'a remis tout ce cher pays devant les yeux, et, bien que je ne sois pas un Lucullus de ma nature, je sens pourtant renaître en moi la sympathie d'un mets délicieux.

— Vraiment! dit sa nièce avec une surprise mêlée de quelque crainte de ne pouvoir réaliser ce rêve d'autrefois.

— Enfin, ma pauvre Ondine, c'est le désir d'un génie en travail; mais mon amour pour la peinture dormira jusqu'à ce que vous m'ayez servi, avec un certain luxe, une pomme de terre dorée sous la cendre ou dans le four de ce poêle, heureusement incrusté dans le mur, comme un ami qui dit : « Tu me retrouveras. » Vous y ajouterez, s'il est possible, le beurre le plus délicieux de la capitale, afin qu'il ressemble à celui de Rieulay, où je tâcherai que nous retournions un jour, chercher mon ruisseau qui fait faire l'école buissonnière. Qu'en dites-vous ?

— Ah! mon oncle, c'est bien simple! répondit-elle gaîment en s'élançant pour appeler Elisabeth ; vous aurez cela pour votre dîner.

— Vous ne m'avez pas du tout compris, chère demoiselle. Si vous allez faire préparer cette fête ailleurs que dans mon atelier, où serait le souvenir qui doit l'assaisonner de son doux parfum? C'est là, dans le four ranimé de ce poêle, où nous allons mettre le feu, pour peu qu'Élisabeth ait du bois : d'ailleurs, il n'en manque pas dans le corridor; dussions-nous en égayer une cellule tout entière : une cellule pour un feu de joie, c'est le plus grand coup de tête que je me sois permis contre les couvens, que je n'aimais guère. Rien n'est plus sain, durant l'été, qu'un grand feu dans les appartemens au nord, comme nos ateliers, si rarement ouverts. Quelle idée sanitaire! Allez vite. Procurez-vous seulement la pomme de terre, baignée dans trois eaux pures; je me charge du feu avec ce briquet phosphorique. Il ne faut pas que d'autres mains que les nôtres touchent cette espèce d'offrande à nos pénates absens. Tandis qu'elle cuira, cette belle *invention* de Parmentier, bulbeuse et blanche comme une amande, telle qu'il nous l'a rendue, ce bon philantrope, dont on oublie toujours d'élever la statue (1);

(1) On rappelle qu'Antoine Parmentier, ami de l'humanité, et dont la vie entière fut consacrée au soin d'améliorer

pendant cela, vous me raconterez quelque chose, comme on faisait autrefois chez mon frère Félix, quand ma mère y vivait encore.... et lui aussi! et que vous étiez haute comme ma grande boîte à couleur; quand je faisais votre portrait, vous assise sur votre petite chaise, tenant gravement votre poupée dans vos bras, et lui faisant manger vos gâteaux, que vous digériez fort bien toute seule, généreuse enfant! Enfin, vous faisiez comme quelques philantropes de nos jours, un peu moins réels pour les autres que notre créateur de la pomme de terre. J'ai gardé ce petit portrait curieux d'époque et de contraste. Je crains seulement qu'il ne vous rappelle ce que je vous chantais alors

le sort du peuple, sur le point d'être élu à quelque place municipale, en fut brusquement repoussé par un votant qui cria : « Il ne nous fera manger que des pommes de terre : c'est lui qui les a inventées! »

sur vos trois vêtemens du matin, qui n'étaient jamais de la même longueur. Vous en ressouvenez-vous?

— Non, mon oncle; du portrait non plus.

— C'est étonnant, car c'est une de vos premières douleurs de coquetterie. Elle était déjà manifeste; et vous aviez quatre ans! Et comme j'étais plus gai qu'à présent, j'essayais de fouetter votre amour-propre, en chantant :

« Elle est à trois étages
« Dans son ajustement.

D'abord, ma satyre vous rendait immobile; et comme vous étiez attentive et oppressée, je reprenais plus fort :

« Elle est à trois étages
« Dans son ajustement. »

Votre mère me lançait des yeux...... de mère, quand on s'attaque à sa progéniture; et vous alliez vous réfugier à l'ombre de sa jupe, et vous osiez, de là, me crier : — Non! — Vous sentez que c'était un appel au refrain salutaire :

« Elle est à trois étages... »

Alors, quand vous cachiez votre figure rouge et en larmes dans les genoux de votre faible mère, qui m'eût battu de bon cœur, je dansais autour de vous deux, en chantant de toutes mes forces :

« Dans son ajustement!
« Dans son ajustement! »

Voilà ce que j'ai peur que vous ne me pardonniez jamais.

— Oh! si mon oncle; quand je m'en ressouviendrais.

—Et votre bon père me faisait signe de chanter autre chose, ce qui m'était impossible, parce que c'était pour le bien de tout votre avenir. Il vous glissait une pomme de terre cuite à point, que votre excellente grand'-

mère lui passait en dessous pour vous consoler ; vous la mangiez en me regardant et en sanglotant un peu, mais triomphante de cette gâterie, qui dérangeait mon plan d'éducation.

— Quoi ! vous me faisiez pleurer, mon oncle ?

— C'est comme j'ai l'honneur de vous le dire. Vous n'en étiez pas moins jolie comme un cœur, avec une sorte de grand casque de gaze, aussi haut que vous, et orné d'une dizaine d'aunes de ruban tricolore : ce qui vous donnait l'air de la cocarde de toute votre famille. Mais, à vos longs cheveux de lin, à votre minois d'ange, et à la poupée que vous nourrissiez dans vos bras, on reconnaissait l'enfant. C'est ainsi que je vous ai là, dans quelque carton, que nous visiterons ensemble, quand nous aurons le temps de rire une heure et de nous jeter au long dans ces jours de joie...... ou de tristesse éternelle !

— Mon oncle ! dit la jeune fille avec émotion, en approchant son doigt de l'œil humide de M. Léonard.

— Bah ! repartit-il en se détournant, vous croyez qu'on est aussi faible que vous ! Songez aux préparatifs du gala, et ne vous inquiétez pas de mes yeux. Il ne faut pas devenir trop familière.

Peu d'instans après, Ondine rentra légère, contente d'exhaler son bonheur ; car il y en avait eu pour elle dans le brusque adieu d'Yorick ; dans ce nom de loup qu'il s'était attiré, pour elle, peut-être. Elle courait sans toucher terre, quand elle s'arrêta tout à coup avec saisissement devant la petite Diane, nouvelle habitante de l'atelier, cachée encore dans un coin, attendant son piédestal.

— Ah ! c'est vrai ! dit-elle. Et ses mains

se portèrent involontairement sur sa poitrine émue.

— Vous êtes-vous fait mal ? demanda M. Léonard.

— Mon Dieu non ! — Au contraire...

— Restez un peu là, que je vous regarde. Vous voilà telle que je vous ai rencontrée au temps de vos trois étages, dans une longue allée qui traversait la maison de votre père. On y avait déposé un grand Saint-Nicolas, tombé de sa niche dans la terreur, et à qui vous faisiez la révérence.

— J'en avais peur, mon oncle; il n'avait pas de nez : sa longue crosse paraissait s'agiter dans l'ombre pour m'atteindre, quand je passais en me rapetissant. Je lui disais ma prière, quand vous m'avez rencontrée. Je ne glissais jamais dans cette allée noire, que les genoux tremblans. Ils ployaient tout seuls devant le saint, qui m'imprimait de l'effroi mêlé à je ne sais quel amour ; car on le faisait patron des écoliers. De plus, il me semblait malheureux et offensé, dans ce coin si loin de son paradis ! Et je lui faisais l'hommage de ma flatterie, pour qu'il me laissât le courage de m'envoler au fond de la maison, quand on me commandait d'y aller seule.

— C'est très-vrai : je vous y retrouvais là tout à l'heure. Mais cette femme de marbre et de paganisme ne ressemble en rien au patron des écoliers, bien qu'elle doive être le modèle des jeunes filles, sauf Endymion. Vous n'avez, je crois, aucune raison d'avoir peur en passant devant elle.

— C'est autre chose, mon oncle : c'est une personne de plus qu'on croit voir. Ce n'est plus du tout cette terreur : oh ! non ! mon oncle, ce n'est plus cela ! dit-elle en levant ses yeux brillans vers le ciel.

— Votre régal ne sera jamais prêt pour la faim que j'en ai, interrompit M. Léonard, prenant sa place devant la statue.

— Ondine s'élança de nouveau chez Elisabeth, et il demeura plongé dans une admiration contemplative et sainte, devant ce chef-d'œuvre, descendu comme par un miracle dans son indigent atelier; mais qu'il aurait pu dessiner de mémoire, tant il avait passé d'heures à l'étude et à l'adoration des marbres du musée.

—Ce candide Allemand ne sait pas combien il s'inscrit mal dans vos papiers, dit-il à sa nièce pendant qu'ils faisaient le ménage. Il vous donne là une leçon de simplicité assez piquante, avec son air de ne pas y toucher.

— Je ne lui en veux pas, mon oncle! Il ne veut pas me faire de peine; et j'ai un moyen de ne pas me séparer des bagues sans les porter sur mes mains : je les cacherai là, sous ma collerette, passées dans un ruban; elles me porteront bonheur; il n'y paraîtra pas, et j'aurai l'air d'avoir une montre. On nous croira riches, mon oncle! et elle rit.

— Ouvrez un peu la porte, dit M. Léonard; il fait une chaleur à mourir, au 20 mai! C'est mon idée de faire du feu, aussi! Enfin, je disais que ce bon et beau jeune homme, n'aura pas grand succès près des femmes, avec son ton agreste et un peu brusque.

— Brusque! ah! mon oncle! c'est sincère que vous voulez dire.

— Oui, oui, brusque, franc, vrai, sincère : c'est la même chose, suivant elles. Ah! mon Dieu! que je les connais toutes!

Et il rêvait, et le feu roulait, et Ondine regardait alternativement Diane et Raphaël rêveur. Heureuse fille! ses traits étaient inondés de sourires.

— Une de vos sœurs, par exemple, la meilleure personne du monde, liseuse intrépide, qui mourra fille et aveugle, à force de poursuivre dans les romans, une ombre qu'elle voudrait pour mari : savez-vous ce qu'elle m'a répondu, un jour que je lui proposais le parti le plus honorable, un Genévois de vingt-cinq ans? Elle en avait dix-neuf. Il était bon comme elle, plus beau qu'elle; grand, blond, bien taillé; plein de probité; d'une fortune, certes, fort au-dessus de celle qu'elle devait jamais espérer, elle, pauvre comme vous, Ondine, et ne sachant pas mettre un œil et un autre œil sur la même ligne. Mais l'amoureux Genévois était horloger, et pas un de ses héros de romans ne faisait des montres : désespoir! Il la trouvait charmante, pourtant. Tout en la regardant lire à travers la fenêtre, devant laquelle il passait timidement deux fois par jour, il s'était mis au cœur et à la tête que c'était là sa femme, son Eve, pour son Eden, à lui, pauvre horloger de Genève; celle qui lui était promise par le ciel en légitime mariage, pour rester à son côté, nichée dans sa vie, dans sa république et dans son laboratoire, lisant tout bas, ou tout haut, à sa volonté à elle, tandis qu'il ferait, lui, des horloges, des montres, minutieux chefs-d'œuvres, qui confondent l'intelligence humaine. Savez-vous ce qu'elle me répondit, votre sœur Cécile, quand, après que ce jeune et honnête amant fut venu se jeter à mon cou pour me révéler ce que je vous dis; je courus vers elle lui dérouler cet avenir de bien-être, de lecture, et de félicité domestique? Elle me répliqua, sérieuse et irrévocable : « Ah! mon oncle, vous avez beau dire, ce n'est pas là Saint-Preux! ».... Veillez au festin,

Ondine, car je ne veux pas m'arrêter sur un tel souvenir, ni sur tel... ou tel autre, qui ne me vaut rien, quand j'ai la volonté ferme d'un moment de bonheur. On dit qu'il y en a pour tout le monde; et c'e ce qui tranquillise les riches sur ceux qui n le sont pas. Ces pauvres riches! sans cette idée tout à fait endormante, ils passeraient d'assez mauvaises nuits. A nous donc ces hasards dorés, que nous nous faisons couver dans nos décombres.

Eh bien! vous ne dites rien de votre sœur? Je parie que vous me répondriez quelque sentence de cette force, si quelque jour, un Allemand, par exemple, vous demandait en mariage.

M. Léonard ne savait guère ce qu'il faisait en jetant ce mot à travers le cœur de sa nièce. Les gens raisonnables se trompent quelquefois sur ceux qui ne le sont pas encore. Une vive et enivrante lumière fut portée tout à coup au fond de son inexpérience et de sa vague tristesse. Quoi! l'on pourrait un jour, elle, pauvre et orpheline, la demander en mariage! et ce serait peut-être un Allemand; grand Dieu! ce serait peut-être Yorick! Elle resta à sa place, rougissante et troublée, mais persuadée, fixée comme s'il l'avait demandée lui-même, et qu'elle eût répondu : « J'accepte Yorick, et je ne veux pas de Saint-Preux.... »

— Qu'est-ce que c'est donc que Saint-Preux, mon oncle, dit-elle en s'arrachant à son cœur, ouvrant de force un chemin à sa voix, qui n'aurait osé nommer Yorick.

— Saint-Preux? ma foi, cela ne vous regarde pas. Vous voilà déjà curieuse de ce nom, qui a fait tourner tant de têtes d'alors. Quand vous trouveriez un mari du même nom, pensez-vous qu'il eût son caractère et ses grâces? Prenez quelqu'un qui se nomme Pierre, Jacques ou Raymond, vous serez heureuse, si on l'appelle avant tout : honnête homme. Vous êtes rouge comme la flamme maintenant : quand je vous dis d'ouvrir.

— C'est vrai! mon oncle; pardon! mon oncle, répondit-elle en détachant avec peine ses pieds du sol. Un espoir saisissant, une atmosphère brûlante, la faisait marcher comme au travers d'un rêve et agir d'habitude, comme une somnambule. Hélas! qu'on ne la réveille pas! En revenant d'ouvrir, elle se posa devant son oncle, les yeux baissés, saintement émue; cherchant des mots pour lui dire qu'elle acceptait Yorick devant lui, son oncle, et devant Dieu! mais il l'interrompit; et ce moment de révélation se refoula dans un cœur qui venait de se marier jusque dans la mort.

— Allons donc, petite : vous êtes là immobile. Du beurre ! du beurre ! du sel et du beurre ! cria M. Léonard ; car le parfum du four annonce qu'il est temps de l'ouvrir.

— Elisabeth vous l'apporte, mon oncle, dit-elle, en se brûlant un peu pour aider son oncle.

Elisabeth, en effet, parut à la porte ouverte, tenant le beurre sur un papier blanc. M. Léonard le lui enleva des mains.

—Attendez donc, monsieur, dit Elisabeth, que je vous le présente sur une coquille. C'est par trop sans gêne aussi !

— Elisabeth ! je vous déclare que j'accepte ce papier blanc : vous ne savez pas quel souvenir vous désanchanteriez par votre toilette d'office. Mon Dieu ! j'avais bien besoin de coquille, quand j'étais écolier et que j'aimais le beurre, comme une caresse de ma mère! Voilà comme je l'emportais triomphant dans ma chambre, pour partager avec un camarade, qui ne voudrait pas le croire aujourd'hui, car c'est un grand artiste; et les grands artistes, Elisabeth, écoutez bien : les grands artistes ont peur aujourd'hui de mourir pauvres comme Poussin. Ils ne veulent plus vendre leurs chefs-d'œuvres immortels cent écus, comme fit Poussin. Ils font bien; car c'était aussi par trop bon marché. Ils ont frémi de tristesse, d'indignation, j'espère, en s'inclinant devant son Déluge, à lui, son impérissable Déluge, en pensant que le grand Poussin, car il était très-grand, Elisabeth, était mort dans l'indigence et nu, pauvre grand-homme! De là, nos artistes illustres ont tous fait sur sa tombe, comme sur un autel, le serment d'être riches... et ils le sont. On dit même un peu avares : mais cela les regarde seuls ; et ils ne mangent plus de beurre en papier blanc ; et leurs hôtels ne s'ouvrent pas souvent à leurs anciens camarades restés pauvres, parce qu'ils ont toujours cette diable de peur de mourir nus comme Poussin ; parce qu'ils se ressouviennent que les grands sont sans pitié pour l'homme obscur et sans maison. Je suis de ceux-là, Elisabeth : vous faites pourtant ma volonté comme si j'avais cent mille livres de rentes ; c'est que vous êtes une excellente femme. Aussi l'ai-je dit à ma nièce, j'ai la ferme intention d'acquérir un peu d'aisance pour elle et pour vous. Laissez-moi donc ce signe rénumérateur, et abandonnez-moi à mon humble félicité, s'il vous plaît ! »

Elisabeth, qui aimait et respectait M. Léonard, ne se révolta point contre sa fantaisie, et remonta paisible à son fourneau.

Ils étaient à peine seuls qu'Ondine poussa

un grand : Ah! mon Dieu! qui fit retourner M. Léonard avec vivacité. — Qu'est-ce que cela? dit-il en voyant une longue trace huileuse, qui circulait au milieu de l'atelier, quel est ce prodige?

— Sur quoi donc avez-vous mis le beurre? s'écria la jeune artiste.

— Parbleu, sur le poêle, dit le peintre consterné, et sur ma belle palette d'écaille, que voilà!... poursuivit-il en se la montrant à lui-même sans avoir le courage de s'en saisir, laide comme elle était devenue, posée en effet sur le poêle par M. Léonard, tandis qu'il parlait du Poussin. Oui! c'est peut-être cela, reprit-il, en la retrouvant bien digne de son étonnement et de sa confusion; informe, rôtie, racornie, décolorée, affreuse. Allons! s'écria-t-il indigné de sa distraction, voilà nos biens, nos joujoux, nos voluptés de ce monde! Devenez donc avares après cela, comme si tout ne vous échappait point par toutes les voies?

Cette belle palette, que M. Léonard déplorait en jurant, il l'aimait, car c'était le présent d'un vieil ami; il la retournait donc avec regret et un peu d'humiliation, lorsque sa nièce suivant des yeux les progrès de cette trace envahissante, la vit, près d'atteindre les toiles et les tableaux sans cadres qui garnissaient le mur.

— Miséricorde! dit-elle; voyez! mon oncle, tout s'en mêle, voyez!

Il vit aussi, le pauvre M. Léonard, et s'élança avec la rapidité d'un jeune homme, pour sauver la toile mystérieuse. L'impétuosité de son mouvement la fit tomber en arrière : et la jeune fille resta muette, immobile de surprise, en reconnaissant une belle femme qui l'avait aimée enfant, peinte assise au milieu d'un jardin dont les fleurs l'entouraient, riante et seule, et brillante comme une déesse.

—Ciel! dit-elle..... c'est!....

M. Léonard, pâle à la mort, mit sa main sur la bouche entrouverte de sa nièce, et, cherchant à se rendre maître d'une terrible émotion, balbutia :

— Oui! c'est elle. Vous la reconnaissez, n'est-ce pas? Vous l'avez bien connue quand vous étiez petite; vous l'avez aimée, n'est-il pas vrai? Tout le monde l'aimait, cette belle! cette bonne! cette cruelle!.... Ne la nommez pas, je vous en prie, pas encore : je ne pourrais en ce moment entendre ce nom-là : il s'appuya un peu faible contre la muraille, et respira péniblement.

XIV.

LE PORTRAIT.

—Voila, depuis douze ans qu'elle est morte, la première fois que je revois son portrait... Et il ôta son bonnet de velours, avec un respect douloureux, qui disait de quel amour il avait aimé cette femme aux yeux noirs, au front lisse et satiné, où flottaient les cheveux bruns les plus beaux que ses pinceaux eussent jamais essayé de peindre. — Oui! c'est vrai! reprit-il avec le profond soupir qui suit une surprise saisissante, et qui ressemble à un sanglot : c'est elle, dans ce portrait fait par moi, au milieu d'un jardin, où elle daignait venir ravager toutes mes roses. J'en prenais tant de soin depuis qu'elle en avait touché les arbustes, que j'en oubliais ma peinture.

— Je me souviens de tout maintenant, mon oncle, dit Ondine frappée de souvenir : — Ce sont ces fleurs-là, n'est-ce pas, qu'on appelait *roses-marianne?*

—Allons! voilà le nom tout entier! s'écria le peintre qui tressaillit, et regarda sa nièce avec un mélange de reproche et de bonté triste. Le nom aussi!..Mon Dieu! puisque vous le voulez, il est juste que tout me frappe à la fois! Pour lors M. Léonard pleura franchement. — Ce n'est pas ma faute, poursuivit-il en regardant le portrait avec une douleur avide : Vous êtes témoin, Ondine, que ce n'est pas ma faute. Je cache cette belle ombre; j'y laisse tomber la poussière du temps; je passe et repasse auprès, sans jamais y toucher. Je fais semblant que ce portrait n'est plus là, comme si je l'avais perdu aussi : mais si on le prenait!.... je sentirais bien son absence! Elle m'a pourtant fait un terrible mal, cette douce femme assise. Ah! c'est que belle, et tendre, et vraie, et tout ce qu'une femme peut être pour être bien, elle ressemblait pourtant un peu à votre sœur; et moi, je n'étais pas Saint-Preux. Elle en a choisi un autre, qui ne lui ressemblait pas non plus, hélas! le moins du monde! Mais silence. Je n'ai été que trop vengé : elle a été si malheureuse!..... Vous pleurez, ma pauvre Ondine. Cette fois, je vous en remercie; car c'est pour elle! et si vous ne pleuriez pas, j'étoufferais peut-être.

Après avoir tenu le beau portrait contre lui-même, avant de s'en séparer encore, pour long-temps sans doute, il le replaça en faisant signe à sa nièce de n'en plus parler davantage.

Le front pâle de son oncle et cette commotion qu'il recevait visible, firent plus rêver Ondine, que lui donner le courage de rien dire.

Le festin de l'atelier était froid. L'appétit du peintre fermé comme ses lèvres; Ondine allait, venait, attendait, et disait :

— C'est donc bien vrai qu'il faut aimer une fois, ou mourir! Mais d'où vient qu'il y a des êtres pour lesquels *aimer* est une maladie douloureuse, quand c'est pour d'autres le bonheur et la vie!

M. Léonard s'était assis en silence. Il semblait que l'air flottant dans l'atelier fût composé de rêves et de réflexions d'amour; car ce qu'une enfant pensait à vingt pas de lui, se soulevait en même temps au fond de sa mémoire; et tandis que sa nièce réparait le désordre, sans parler, il était là, comme enseveli sous ses mains, absorbé, insensible et sourd à tout ce qui se passait autour de sa vie.

Ondine parfois toussait doucement pour ramener au moins l'entretien des regards; et tournait autour de lui comme une poule inquiète. Mais n'obtenant rien de ses timides efforts, elle se hasarda, et posa sa main sur l'épaule de son oncle immobile.

— Laissez-moi peindre, je vous en prie, Ondine. Si vous voyiez ce que je compose en ce moment, il ne serait bientôt plus question de Raphaël : oh! laissez-moi peindre. Je regarde là tout ce qu'il m'eût fallu pour être heureux. C'était difficile à rencontrer dans le monde : il ne faut pas une femme orageuse à l'artiste solitaire ; si elle brille, que ce soit comme une étoile dans sa nuit. Il ne lui faut pas une femme qui gronde ; pas une qui raisonne ; pas une qui regarde par la fenêtre de l'atelier ce qui se passe dans la rue ; il lui faut... la Vierge assise d'Albert Durer : ou Marianne, hélas ! qui était tout ce qu'il y a sous le ciel de beau, de bon, pour l'artiste rêveur du bien et du beau ; avec cet œil velouté, qui passe sur toutes les douleurs, pour les caresser et les comprendre. Car, ne me parlez pas de mariage autrement! Mais ce que je revois là, ce que je crée lumineux, vivant, immortel, ce tableau, mon Dieu! est trop beau pour la terre, et voilà ce qui m'empêchera de l'exécuter pour d'autres que pour moi! Je le garderai là en portefeuille, ajouta-t-il, en passant la main sur son cœur, ainsi, je vous en prie, laissez-moi!

Ondine glissa devant le portrait de Raphaël, et le regarda d'un air dolent, comme s'il y pouvait quelque chose, et qu'elle lui eût dit : « Mon oncle a aimé aussi, lui; et vous? » Puis, elle monta sans bruit chez Élisabeth, laissant son vieux ami peindre et songer dans l'ombre.

Après avoir aidé à quelques soins de ménage, qui tranquillisent toujours un peu le cœur d'une jeune fille, elle aperçut, par la fenêtre ouverte, M. Léonard qui marchait, rêveur, dans les décombres du couvent, et cueillait, au grand soleil, des plantes gracieuses et humbles qui croissaient là entre les pierres amoncelées. Il fut tout à coup bruyamment interrompu par la nuée de petits garçons qui sortaient d'une école, autre cellule tremblotante de cette solitude de la Chaussée-d'Antin. Ils poussèrent tous ensemble un cri de liberté si aigre et si puissant, que les doux et tristes rêves du peintre s'enfuirent épouvantés. Il attrapa au vol une de ces fanfares vivantes, par les deux bras étendus, et voulut lui faire peur aussi; mais l'enfant tourna vers lui un visage si rose, si pur, si insolent de joie et d'insouciance, une de ces têtes que Rubens eût cherchée si loin pour un modèle d'ange, que M. Léonard lui frotta doucement le nez avec les frêles fleurs qu'il tenait aux mains, et qu'il les lui donna, avec la liberté.

— Tiens, gros papillon! dis à ta mère que si elle veut ton portrait, elle l'aura de la main de M. Léonard, qui demeure là.

L'enfant dit oui et adieu en même temps;

puis se sauva, avec ses fleurs, reprendre sa partie aiguë dans le chœur sauvage des petits prolétaires.

XV.

VISITE AU PAYS NATAL.

Cette furtive promenade, le dîner frugal et la voix douce de sa nièce, parurent dilater un peu le front serré de M. Léonard. Il sentait le besoin de parler, mais il fallait qu'on l'en priât, qu'on attirât les paroles hors de ce cœur gonflé, pour le détendre par des plaintes confiantes. Ondine ne parlait que par mille attentions tendres : c'était déjà un langage.

— Vous verriez suffoquer les gens sans leur adresser une question, dit-il tout à coup en prenant son parti ; convenez que votre discrétion est un peu étouffante. Vous ne devez pourtant pas vous attendre que j'en parle sans y être à peu près forcé ; et parler d'autre chose en ce moment, plutôt périr. Ce serait comme si j'entrais dans une ville dont je ne connaîtrais pas la langue.

Ondine le regarda, comme un enfant qui essaie à comprendre ; et remettant ses coudes sur ses genoux, pour nouer un entretien désiré par instinct, elle répondit au hasard :

— Oh ! oui, je l'aimais bien !

— Comment ne l'auriez-vous pas aimée ! repartit-il doucement en se rasseyant sur sa chaise, et se replongeant à plein cœur dans un souvenir qu'il ne pouvait plus éviter.

Il ne faut pas vous figurer pourtant que je l'aie aimée à la première vue, comme dans les romans de votre sœur Cécile : elle était depuis très-long-temps ma maîtresse, que je n'en savais pas un mot. Elle m'était entrée ainsi dans le cœur, goutte à goutte, comme un diamant se forme dans le sable, et je l'y trouvai un jour, un soir! tout incrustée à ma grande surprise, je vous jure. Voulez-vous savoir comment ?

Ondine brûlait d'entendre une confidence d'amour. Elle joignit les mains avec une attention si fervente et si profonde, que monsieur Léonard mit son âme sur ses lèvres, comme s'il priait à quelque madone immobile, à qui l'on parle amour, sans avoir peur de blesser ses chastes oreilles.

D'ailleurs, ce n'est pas mal que vous sachiez que j'ai été malheureux ; cela vous empêchera de l'être aussi peut-être, dans votre temps, quand il viendra pour vous, ce temps, dont vous êtes heureusement encore loin. »

Ondine regarda le portrait de Raphaël.

— Vous verrez bien par moi, qu'il ne faut jamais s'attendre à être aimé juste comme on aime.

Ondine prêta l'oreille avec un intérêt palpitant.

— Jamais comme on aime! poursuivit-il; si ce n'est dans les livres inventés, où le jeune homme est toujours adoré, idolâtré de celle qu'il adore et qu'il idolâtre, en raison d'une beauté mutuelle et de la volonté ferme du bon romancier. Voici ma preuve, hélas!

Nous étions trois amis, compatriotes et

camarades d'école, et nous roulions dans une voiture publique, au milieu de seize degrés de glace, vers nos foyers du Nord ; nous roulions, joyeux, par une de ces impulsions contagieuses, nées d'un mot, d'un sourire ou d'une larme.

Le carnaval approchait : réunis à trois, un beau jour, à dîner, chez Koliker, restaurateur fameux, au pied du Louvre, cette parole électrique : *Patrie!* s'échappe, frappe nos trois têtes, les exalte, et nous nous écrions en même temps : Allons-y ! allons les surprendre ; moi, toute ma famille ; celui-ci, son père, et l'autre, sa maitresse ! « Ah çà ! parole d'honneur, n'est-ce pas? et toi? et toi?...parole d'honneur. »

Le lendemain, nous étions, comme je vous le disais, dans la voiture, roulant de cœur et de corps vers les pénates qui nous attiraient et nous réchauffaient de loin par leur paternelle chaleur. Nous descendons mystérieusement tous trois dans la rue des Chapelets....Jusqu'aux noms des rues qui me frappent délicieusement sur le cœur!

C'était là que demeurait cette ange, fiancée à l'un de nous trois. Je la connaissais d'enfance; je m'en ressouvenais, et j'en parlais comme d'une apparition, d'un modèle suave, qui m'aidait à comprendre la perfection des grands maîtres; rien de plus.

Elle poussa un cri de joie en revoyant Delange, qu'elle aimait depuis long-temps; s'imaginant qu'enfin on venait l'épouser; mais, bah! on venait danser, avant de partir pour Rome.

Sa mère, heureuse de la joie de sa fille, nous accueille dans la chambre de son gendre, en espérance, et dans cette petite chambre chaude, close, où rougissait l'étuve avec un bruit de joie; Dieu sait par quels éclats de rire immodérés nous réveillâmes le long silence de la maison, une des plus solitaires de cette ville fermée. A force de rire, de coudre et de bouleverser l'antique garde-habit de la mère et l'armoire parfumée de la fille, nous nous transformons tous trois d'une manière passablement ridicule, mais qui nous parut charmante. Delange avait pris d'autorité les vêtemens de sa maîtresse ; un délicieux bonnet de gaze d'Italie, triomphant de rubans et de fleurs, et sa pelisse de satin bleu, qui laissait un peu trop voir ses bottes. Mais, hélas! il était presqu'aussi beau qu'elle. L'autre, vrai Flamand tout rond, tout rose, et qu'en terme d'atelier nous appelions le bonheur en large ; coloriste comme Teniers, et agreste comme lui, s'était contenté de la moindre altération dans son aspect, jurant qu'avec une mouche noire sur l'œil, et l'accent parisien qu'il croyait avoir pris, personne ne le reconnaîtrait en Flandre. Il nous rendit malades, tant il exalta notre folle gaité en faisant le petit maître échappé de la capitale. Il se nommait Martin. Ce bon Martin ! et je vous laisse à penser si celui du jardin des Plantes fut oublié dans les louanges dont nous comblâmes ses airs dégagés. Il faut convenir qu'il riait d'aussi bon cœur que nous, ce qui nous empêcha d'en mourir ; car si la contrainte s'en fût mêlée, nous étions perdus.

Je lui donnai sa revanche, en apparaissant tout à coup sous l'attirail d'un berger de soie bleue, couvert de rubans roses et de poudre blonde, pour altérer le noir d'encre de mon énorme chevelure bouclée, qu'ils appelaient amicalement ma crinière. Pour esquiver le masque, qui m'a toujours fait horreur, je versai sur ma figure toutes les couleurs à l'huile que Delange tenait en réserve dans cette espèce d'atelier, et je peignis mes traits, un peu prononcés, en miniature digne de Saint ou d'Isabey; Dieu ne m'aurait pas reconnu ; et ma mère, je me le figurais, devait seule retrouver un peu de son ouvrage dans cette vignette de Berthelemot, surmontée d'une grande houlette, manche du houssoir de Madame Elie, auquel flottaient toutes les ceintures de sa riante enfant, qui nous les passait une à une par une ouverture de la porte, grondant un peu notre tapage, avec des larmes de joie dans ses grands yeux rayonnans. A dix heures de nuit, six janvier de 96, nous frappâmes à coups redoublés sur la porte verte de votre maison natale. Nous n'avions rencontré que quelques habitans ébahis de ma singulière figure de taffetas, et deux ou trois chiens qui m'aboyaient, mais que je rembarrais à coups de boulette, et Delange, à grands coups de bottes, ce qui lui donnait une allure de femme assez peu modeste. Un grand feu brillait à travers les fenêtres de mon frère Félix : la rue en était éclairée, et le vernis des volets verts répercutait cette lueur hospitalière, comme pour m'indiquer un paradis. Oh ! c'était en effet celui de mon cœur, qui dansait dans ma poitrine !

Une grande table était dressée, couverte de verres étincelans, d'énormes pots de bière, de dame-jeannes et de quelques bouteilles de vin, pleines de grâce et de fierté : leur transparence égayait la vue et la vie. Tout annonçait qu'un repas abondant attirait, à cette heure, tout ce que nous avions d'amis et de parens, inévitables dans ces réunions de cœur.

Notre apparition fut saisissante et superbe. Mon frère lui-même vint nous ouvrir, et nous regarda lentement entrer, avec une surprise et une envie de rire qui me gonflaient d'attendrissement. Le chien n'avait pas aboyé à mon approche; mais, désorienté par l'accoutrement qui me rendait impénétrable à toutes mes âmes-sœurs, il me dévorait des yeux, et s'agitait, haletant, comme pour me dire : « Parle donc! » Je faillis lui sauter au cou.

Je laissai faire à Martin l'agréable et l'éloquent auprès de ma belle-sœur, qui n'examinait curieusement que la pelisse élégante, dont sa mémoire était tourmentée. Après avoir distribué quelques boîtes de dragées à vos sœurs et à vous, petite blonde attentive et étonnée, à peu près comme vous voilà, mais étroitement serrée alors au bras de votre frère, je n'y tins pas : j'allai me planter, avec ma houlette, devant ma mère, qui me regarda des pieds à la tête, moi et mes ornemens de trumeau, avec le profond désintéressement de ceux qui n'ont aucun motif de curiosité dans le monde. Vous savez qu'elle était grave, et qu'à part ses enfans, tout glissait autour d'elle sans qu'elle y prît garde.

Je voulus gambader, chanter et produire de l'effet; mais j'étais loin de compte : j'avais le cœur étroitement serré; la froideur de ma mère étranglait ma joie et le rire au passage. Il me fut impossible de soutenir le premier regard indifférent qu'elle eût attaché sur moi : je balbutiai, je fis la voix de masque, je l'appelai *madame*.... et je fondis en larmes, en criant comme un forcené : — Ah! ma mère! vous ne me reconnaissez pas! — Et je tombai à ses genoux, m'enveloppant dans son ample jupe de pékin mordoré, qui m'avait si souvent servi d'asile dans mes chagrins d'enfance. — Jour de grâce! c'est Constant-Marie! s'écria ma mère suffoquée, chancelante, me saisissant par le milieu du corps, et regardant au fond de cette palette répandue sur mes traits, dont la bigarrure compacte la remplissait d'indécision, de colère et de tendresse.

Mes larmes et ma voix la décidèrent enfin : elle passa vivement ses mains tremblantes dans mes cheveux poudrés, en les écartant de mon front, et elle m'embrassa pleurante, avec une amertume, une passion de mère, dont j'éprouve encore l'émotion.

A force d'huile, de larmes et de patience, on parvint à nous ôter à tous trois ces vilaines figures infiltrées dans nos visages, dont l'enduit nous piquaient horriblement. Ce fut alors un tumulte et des cris tels, que plusieurs bons voisins accoururent pour en prendre leur part. Ils ne me parurent jamais si beaux, si compatriotes, que dans cette nuit fascinée de prestige, où ils vinrent me reconnaître et danser avec nous jusqu'à cinq heures du matin.

XVI.

LES ROIS ET LE CRIEUR DE NUIT.

— Vous rappelez-vous tout cela, petite?

— Non, mon oncle : à peine des dragées, et de votre houlette, dont les rubans me paraissaient jolis, autant que votre visage à l'huile me semblait étrange et luisant.

— Vous fûtes pourtant revêtue, ce soir-là, comme le plus jeune enfant du logis, de toutes les parures graves de votre grand'mère; car nous étions au six janvier, jour des Rois, dont la célébration se relevait dans quelques familles joyeuses et bien unies. Le bon vin partagé maintient la concorde : mais cette solennité fugace devait être, cette fois, mémorable par un événement lugubre, qui l'attrista beaucoup pour nous.

D'abord, en voyant monter sur la table un personnage de cinq ans, blond et rouge comme une grenade, sous la *faille* noire et la robe austère de son aïeule; une petite chose, qui, lorsqu'on lui demanda d'une voix solennelle, en agitant les billets dans l'urne : *Qui erit?* répondit d'une voix fine et acide : *Dominus!* personne ne se sentit disposé à reprendre un peu de sérieux et d'aplomb dans cette atmosphère devenue torride, qui nous formait alors un climat d'Afrique. Le poêle ardent rugissait des flots de chaleur, et, parler tous ensemble, rire sans raisonnement, était tout ce qu'il y avait de plus raisonnable à faire, même pour les plus lymphatiques.

On vous posa donc sur la table, au moment où les convives venaient de s'y asseoir, et votre main qui dormait déjà, mêla dans une grande urne de cristal, consacrée de temps immémorial à cet usage, comme un symbole, peut-être, de la fragilité du sort que vous alliez évoquer, tous les billet roulés avec mystère, et chargés, au nom du hasard, de fonder cette dynastie d'une heure.

La burlesque poésie de tous les votes libres, rehaussés d'une gravure sur bois, et chantés par des voix plus ou moins harmonieuses, avait déjà fait éclater le bonheur d'une façon passablement discordante; toutes les élections sorties de l'urne ayant été saluées par des battemens de mains fort honorables pour les dignitaires ; on vous plaça, toute fière d'être vielle et d'avoir fait un roi, au milieu de vos sœurs, où vous ne tardâtes pas à vous endormir profondément, sous le bruit du royaume et des cris : Le roi boit !

Il buvait fort bien, le roi, car c'était Martin qui venait de monter au trône ; sa large effigie qui voulait régner en conscience, n'avait pas vidé un verre qu'elle n'en remplît un autre. Il fit un discours bref, en s'adressant gravement à la coupe qu'il tenait dans sa main ferme et royale : Hâte-toi de passer ! dit-il, car tout à l'heure il y aura foule ! Il but, et le toit faillit à s'écrouler sous les applaudissemens qui accueillirent cette saillie pleine d'espérance. L'archichancelier, les chambellans et autres dignitaires, dont les noms sont passés de ma tête, me parurent trop pressés de manger, pour faire des courtisans bien attentifs à l'altération du maître; et le fou, un de nos gros parens, mis au monde pour rire et faire rire les autres, dont la figure pouvait être comparée à une mie de pain trempée dans du vin de Bourgogne, courait autour de la table, armé de grelots et de bouchons brûlés, pour en marquer impitoyablement toutes les bouches paresseuses aux acclamations du roi boit! le roi boit!

Le vin titillait dans nos verres et faisait des perles brillantes, comme tous nos yeux pleins de joie!... Je m'arrête avec une sorte de plaisir d'enfant sur cette scène, la seule un peu gaie que j'aie à ressaisir dans ce passé si lointain; où le deuil succéda si vite aux chants, vers la fin de cette nuit folle.

Le triboulet de la fête mettait un zèle si

sincère à faire célébrer les toasts du roi, qu'il s'enroua bientôt, et voulut abdiquer un moment, pour avoir le droit de se désaltérer lui-même : vain espoir. L'infatigable Martin le fit cribler, à son tour, des traces du bouchon redoutable. Toute sa tête ne ressembla bientôt plus qu'à un monceau de liége brûlé, sur des charbons ardens ; le fond de son teint était comme cela. Nous étions nous-mêmes tous plus ou moins flagellés et affreux, ce qui le remplissait d'orgueil et d'une hilarité délirante.

On lui apprit pourtant qu'il était le plus atrocement laid du royaume ; il jura le contraire, et courut consulter le miroir. Le miroir, voilé du brouillard de nos haleines bouillantes, lui répondit par une tête de monstre ; il ne se reconnut pas. Sa hideur burlesque n'est pas à vous rendre, sous l'étrange bonnet dont elle était surmontée, vrai chapeau de fou, fait à la hâte d'une nappe de Hollande, au feuillage damassé, lourde et bruyante de toutes les sonnettes qu'on avait pu y pendre.

Il fut émerveillé, et s'apostropha d'un rire convulsif qui devint bientôt inextinguible.

Au milieu de cette innocente bacchanale, où le monarque Martin fit des prodiges d'enjouement et d'appétit, le crieur de nuit, *Bisiau!* de lugubre mémoire, dont le ministère avait été aboli à l'aube de la révolution, rentrant chez lui fort tard, transfuge de quelque cabaret, trouva plaisant de nous glacer d'effroi, ou, peut-être, de se faire jeter une part de notre gâteau, pour le prix de sa lamentable sérénade.

Il courut, en toute hâte, au pied du rempart, où logeaient sa misère et sa cloche, dont le son terrible nous fit bientôt, et tout à coup, bondir d'étonnement et de souvenir.

Planté devant la maison de votre père, si bien connue des pauvres! il ressaisit, dans le passé, toute la splendeur de ses poumons, pour hurler en dépit des ordonnances :

« Éveillez-vous! gens qui dormez ;
Priez Dieu pour les trépassés! »

Et la cloche d'aller avec l'énergie railleuse de l'heureux crieur qui rentrait, par un coup de tête, dans ses fonctions sépulcrales, non sans charme, peut-être, pour sa mémoire errante et veuve.

Au milieu du silence qui avait fait comme un creux dans la fête :

— Éveillez-vous!... gens qui dormez!...

s'écrie le fou en nous regardant avec l'air hagard, et promenant, pleins de stupeur, ses yeux autour de la chambre, comme si quelque apparition funèbre eût asphixié son jugement; puis une contraction fatale l'entraînant, sans qu'il pût l'arrêter, il se tord, il tombe à terre, se roule et se raidit dans cette convulsion, qui devient bientôt immobile. Chacun s'étonne naïvement d'abord; car un état d'ivresse et de titubation contagieuse nous enivrait, sans nous effrayer encore.

Mais voilà qu'il ne bouge plus; voilà que tout le monde se détache de la table et se penche vers lui. Dort-il? Fait-il le mort? Non : il sanglotte, il étouffe, il râle; une action frénétique agite son corps. On crie, on ouvre les fenêtres, on lui jette de l'eau: inutile soin; son cou s'enfle, il est bleu : il va mourir. Du secours!... de l'air!... le médecin!... Mon Dieu! il est trop tard : le médecin est à l'autre extrémité de la ville, et l'infortuné n'a plus de pouls ni de mouvement.

— N'importe : courez pour l'acquit de vos consciences.

Ma mère, consternée, m'entraîne et me jette hors de ce spectacle.

— Il va mourir, s'il n'est pas mort, dit-elle : et sans confession, miséricorde !.... Courez, Constant, chez monsieur le curé, à l'entrée du cimetière; éveillez-le, priez-le à genoux qu'il vienne. Il viendra. Une prière! une prière et l'absolution, mon fils! que sa pauvre âme ne s'envole pas toute noire comme sa figure!

— Soyez tranquille, ma mère : c'est la plus honnête créature...

— Vous avez beau dire, mon fils, un sacrement ne gâte pas la mort. Vous sentez qu'affublé ainsi, il ferait peut-être un long purgatoire, et le saint viatique lave tout. Courez donc! car j'en mourrais moi-même dix ans avant mes jours.

Et je vole tremblant, en berger, heurtant le crieur de nuit, qui triomphe d'entendre ouvrir, mais que j'épouvante à mon tour par ces mots inattendus :

— Un homme se meurt !... un homme se meurt ! répété-je en frappant à coups redoublés chez notre vieux curé, paisiblement endormi, et dont la porte, mal fermée, s'ouvre toute seule sous mes coups effrayés.

M. Goguillon, ce doux prêtre, échappé à l'exportation par son caractère humble et bénévole, disant des neuvaines pour les tristes, ondoyant les enfans, assistant les malades, croit rêver en me regardant au chevet de son lit, si effaré, si blême, sous mon habit de bal.

Je l'instruis, je le conjure, je l'habille, je l'entraîne, et j'emporte moi-même, avec terreur, la croix devant cet homme de Dieu, presque endormi, récitant d'avance, et d'une voix tremblante, les prières des agonisans.

Oh ! que c'était morne, dans une nuit d'hiver ! Tous les trépassés du cimetière semblaient se lever pour nous servir de cortége.

Nous entrâmes sans obstacle : la maison, si changée alors, était ouverte, pleine de terreur et d'un silencieux tumulte ; mais à l'aspect bizarre du mourant ou du mort, coiffé de sonnettes et resté barbouillé de l'ivresse du festin, toute la gravité du prêtre pensa l'abandonner un moment ; il voulut fuir, alarmé du rire torturant qui tyrannisait encore plusieurs témoins de cette scène de deuil. Nous lui barrâmes le passage, ceux du moins qui étaient rendus à toute la solennité de cette heure amère, et qui ne s'étaient pas sauvés dans les chambres voisines. La pauvre veuve se jeta désespérée à ses genoux, perdue dans des sanglots déchirans. Nous entourâmes tous ce porteur des huiles saintes, avec des prières si vives et si pressantes, qu'il rejeta en arrière tout scrupule, et bénit, le plus gravement qu'il put, cette créature immobile, morte d'une joie brisée, au milieu de sa famille à genoux.

La mort ayant étouffé sa proie, et l'acte religieux accompli, le pasteur prudent nous fit sortir l'un après l'autre, afin que personne ne succombât plus dans cette nuit aliénée par le rire furieux, qui se réveillait puissant, jusqu'à saisir le pâle prêtre lui-même, sous son imposant et triste ministère.

Le lendemain, réunis autour de la fosse où nous vîmes glisser notre bon camarade, nous ne parlions plus, mais nous cherchions en nous-mêmes ce qu'il pouvait y avoir de si plaisant dans une vie qui finit toujours là!

XVII.

LES JOURS PERDUS, LES JOURS HEUREUX.

Nous devions repartir trois jours après cette grande équipée : mes compagnons de voyage tinrent ferme; ils avaient fini de ce bonheur improvisé. Martin avait remporté le prix du paysage ; Delange prétendait mériter bientôt celui que j'avais obtenu. Ils retournèrent poursuivre leurs travaux, leur avenir. Pour moi, j'ai à vous faire l'aveu que cette visite se prolongea douze ans. C'est là que s'absorbèrent mes études, mon prix de peinture, mon voyage à Rome, où coururent mes camarades, plus sages, ou du moins plus alertes que moi.

Je ne sais quel ciment fixait mon corps et mon âme à ce pavé natal, où je buvais l'oublie de l'univers, de la gloire et des chefs-d'œuvres qu'ils allaient tous deux moissonner en ma place.

Et de ces douze années, que me redemande sans cesse ma raison mécontente, j'en passai trois dans la même petite chambre sombre où je m'étais fait berger. Delange, l'amant aimé de Marianne, m'avait cloué en partant dans cette chambre, me recommandant de faire entendre raison à sa fiancée sur son prompt départ, qu'il trouvait lui, si naturel, si urgent, et si facile! J'avais dit en effet à Marianne de belles choses, de l'air le plus stoïque du monde, pour lui faire envisager cette absence comme une nouvelle épreuve à son bonheur futur: Marianne m'avait regardé de ses longs yeux brûlans, à travers ses cheveux bouclés et ses larmes, et cela d'un air à repousser, avec son sourire triste et dédaigneux, toutes les sentences banales que j'étalais devant ses pleurs. Elle ne m'honora pas d'une parole, et je finis par ne plus lui parler de rien.

Je la voyais tous les jours; j'entendais tout le monde parler de sa beauté, de son amour pour mon camarade, et mon cœur était aussi immobile que les portraits de mon atelier, qu'elle venait voir avec sa mère, dans la compagnie de ma belle-sœur, qui était folle de son caractère, et souvent aussi toute seule, pour m'entendre dire que Delange aurait un beau talent, que Delange irait à Rome, et que Delange ne le voulait ainsi que pour revenir bientôt en faire une heureuse femme. Je le disais: je tâchais de le croire. D'abord, comptant sur mon prochain départ, et j'y comptais moi-même, comme sur une chose aussi facile qu'à Delange; elle me pria de faire son portrait, pour le porter à son amant, son *fiancé*, son *Delange!* me conjurant avec une candeur passionnée de la faire belle, afin qu'il ne l'oubliât pas, et qu'il revînt plus vite. Je la regardais avec un œil de bronze; je la peignais divine, animée de sa ravissante tendresse, et je me couchais tranquillement après, separé d'elle seulement par une cloison légère. Ni sa mère, ni elle, ne songeaient même pas à retirer la clé de sa porte accolée à la mienne. Ces mœurs naïves m'enchantaient; cette innocence profonde, cette vie indécise, mais pure, ce départ en l'air, qui me faisait une crainte à côté d'une joie, comme aux enfans qui cueillent les fleurs au bord de nos fortifications pleines d'eau; je ne vous dirai pas précisément ce qui me berçait dans ce vague détachement de mon sort, mais, je voudrais n'avoir jamais changé d'atmosphère; car l'air que j'ai bu durant ces trois années, n'était pas le même qui m'a nourri plus tard : je clandestinais l'existence; c'était comme le lait pur qui coule aux lèvres d'un enfant à moitié endormi. Mon Dieu! que j'étais bien! Ma mère me disait quelquefois, mais à voix basse, comme une mère qui parle de départ: — Mon fils! quand donc vous en allez-vous à Rome? — Je répondais, le plus long-temps après que je pouvais : — Ma mère ! certainement.... bientôt : mais que voulez-vous !... — Je sens bien cela, répliquait ma pauvre mère convaincue ; et je gagnais trois mois !

Un jour aussi, mon frère ayant ruminé long-temps un discours ferme et ravivé son courage, vint me dire, la tête montée : — Eh bien ! Constant, votre voyage de Rome ? car enfin, le temps coule ; les autres vont revenir, peut-être ; et vous êtes là ! Convenez que c'est terrible pour ceux qui vous aiment : bref, quand donc ? — Mais, ce n'est pas douteux, mon frère, répondais-je encore ; croyez-vous que je ne le sache pas ? puisque je le disais à ma mère, l'autre fois ; demandez-lui ? Je le sens d'une manière impérieuse ; assurez-le bien à votre femme : mais j'ai des portraits d'amis à finir ; vous sentez que je ne peux couronner par un froid procédé, l'accueil délicieux que l'on m'a fait ici : qu'en dites-vous, mon frère ? je m'en rapporte. — C'est assez juste, répondait-il en me tendant la main. Je la serrais, cette main, et elle me retenait encore trois autres mois; car il n'y en a jamais eu de si fraternelle, de si liante, de si enchaînante pour mon cœur que cette main de mon frère Félix! Ainsi, je restais!

Votre mère venait bien à son tour me lancer quelquefois un regard, un mot réveillant; mais quand j'avais dit cinq à six fois : c'est vrai! aux conseils excellens qu'elle avait médités pour me faire partir, elle m'exhortait à être bien sage; tremblait de tous les dangers que les jeunes hommes courent sur les grands chemins, loin de leurs familles; et je restais! Alors, je peignais votre poupée, une enseigne, un saint, pour quelque chapelle qu'on relevait sans le déclarer aux autorités municipales, qui fermaient les yeux et les oreilles, quand on y chantait *l'Angelus* ou la messe.

Des tableaux payés parfois en argent; dix autres payés en paroles affectueuses; quelques promenades avec vous, petite, et vos sœurs, autour du rampart et du grand calvaire; la tour Notre-Dame à gravir, pour saisir d'un coup d'œil ma ville natale, et les maisons de tant d'êtres aimés; et puis, sans presque y penser, le bonheur de moraliser cette tendre maîtresse de mon camarade absent, de la contrôler, tantôt sur sa tristesse, tantôt sur sa toilette un peu trop élégante, ce qui n'était que lui faire un reproche d'être belle; car cette charmante fille ne pouvait porter rien, qu'elle ne l'ornât jusqu'au luxe; voilà mes liens. C'était comme une volière où j'aurais été désespéré qu'il me poussât des ailes : Marianne tournait à l'entour; votre mère, je vous l'ai dit, en était folle; la sienne l'adorait; on la suivait avec entraînement partout où elle daignait se montrer avec ses grâces ou sa mélancolie, et je me disais souvent : « Suis-je heureux! je l'aime moins que tous les autres! » Et le temps amassait jours sur jours dans cette singulière indifférence qui me faisait des rêves enchantés. J'en sortis tout à coup au son bruyant de quelques instrumens de bal, et ce fut fait de moi pour toujours!

XVIII.

PREMIER AMOUR.

Ce n'était pas l'hiver... Non, l'air brûlait ce jour-là. On [illegible]ait une fête, un mariage dans [illegible]rgeoises. Une fête sa[illegible]ns Marianne, c'était u[illegible]ière. On vint caresser la mère ; cette mère, qui ne souriait jamais qu'après sa fille. Sa fille elle-même fit une assez faible résistance, car Delange avait envoyé le plus frais chapeau, blanc, rose comme elle... Je le vois encore, et ses yeux dessous, comme deux étoiles sombres. On me mit du plaisir projeté : je n'en voulais pas, et je peignis tout le jour avec un acharnement que je pouvais appeler mon dernier bonheur. Le soir, j'étais las comme si j'eusse été à Rome. L'idée de m'y rendre enfin m'était revenue par la tête, et je versais de ma palette des flots de couleur, des flots d'une espérance inquiète : j'avais je ne sais quoi ce jour-là ; j'avais la fièvre, fièvre d'été, fi[illegible] d'orage, fièvre de vingt ans [illegible] d'u[illegible]de amère. Elle avait ess[illegible]eau rose et blanc, [illegible] lettre de Delange. El[illegible]our la conduire au bal; cela me contrariait comme un déplaisir; quand on m'appela d'en bas, je n'étais pas habillé, j'avais mes pinceaux à la main; j'étais artiste, et pas du tout galant.

— Léonard! cria d'abord sa mère. Et je parus au haut de l'escalier, dans mon déshabillé qui la fit rire. Mais vous n'aurez pas le temps, dit-elle: voilà la voiture.

Alors, *elle*, sa fille, enveloppée dans sa chère pelisse de satin bleu, qui protégeait sa parure de bal, ivre de son chapeau que je trouvais bizarre, elle ajouta du pied de l'escalier: « Vous viendrez, Léonard? » Ce n'était pas dans ma volonté. La peur de m'ennuyer à la d[illegible] me faisait trouver un charme infini à [illegible] ce qui m'offrait un prétexte de [illegible]

Je suis bien [illegible] je. D'ailleurs, j'avais à n[illegible]er [illegible] pinceaux, à ranger mes cartons, où je retrouvai, plein de poussière, et avec une honte qui alla presque aux larmes, ce prix! sur parchemin, ce prix qui m'appelait à Rome, moi, transfuge ingrat de nos rangs, où je me sentais prêt à m'élancer, traînard que j'étais, mais éclairé tout à coup, je le crus, par un secret reproche qui me fit cacher mon front sous mes mains.

Et tout était là, éparpillé, comme quand un garçon veut mettre de l'ordre, et ranger sa chambre.

Voilà tout à coup qu'un de mes amis, un sculpteur plein d'amour pour les festins, s'en vient frapper de toutes ses forces à la maison de la veuve, et [illegible]'enlève tout vif, pour me transplanter [illegible] mal vêtu, au milieu de [illegible] de toutes ces fleurs, de [illegible] entre ciel et terre, que je regar[illegible] à tra[illegible] un vague rêve de

Rome et de départ qui m'agitait jusqu'au frisson.

— Quel ennui! disais-je; voir danser, quel beau plaisir! — Et je me sentais l'un des invités le plus taciturne, le plus désœuvré, tournant sans but, sans grâce, sans vocation pour le plaisir, aussi embarrassé des autres que de moi. Elle vint au-devant de mon indécision; elle me prit le bras. Elle riait; elle voulait du bonheur. — Je veux danser, dit-elle; Léonard, faites-moi danser; vous serez mon cavalier toute la nuit: allons vite, Léonard, un moment d'oubli, un moment de joie; j'ai bien assez pleuré, j'espère : je veux danser!

Je la regardai avec étonnement : je ne la reconnus pas : elle était grande! grande! et fluide, et belle! Oh! c'était étrange de voir tout à coup quelque chose de si beau, de si lumineux! de me sentir tout à coup enchaîné sous ce bras de femme qui s'appuyait sur mon cœur, et qui le prenait comme s'il eût ouvert ma poitrine !

J'eus un vertige, presque peur. Je me sentis tourner, frémir, et je me trouvai, sans savoir comment, mêlé, entrelacé dans une contredanse, que j'entravais par mes figures de l'autre vie, car je dansais comme dans un rêve. Elle avait pitié de moi ; elle me poussait avec une colère, une grâce et un rire si plein de bonté, que je riais moi-même, nonobstant la plus forte envie de pleurer qui ait jamais étouffé un malheureux jeune homme qui devient, à son insu, l'amant, l'esclave de la plus innocente, de la plus belle et de la plus indifférente des maîtresses.

Chaque fois que je touchais sa main, je croyais que le bal s'écroulait, ou que les lampes s'éteignaient, et je la regardais si plein d'effroi, de surprise, qu'elle m'aurait battu, si à la fin elle ne m'eût jugé malade.

— Reposons-nous, me dit-elle, car la tête vous tourne ; vous avez dansé tout de travers ; mon Dieu! Léonard, je crois que vous l'avez fait exprès.

— Non! lui dis-je ; c'est comme cela ; je suis naturellement comme cela, comme je n'ai été de ma vie : il me semble que le parquet tremble...... Et je m'approchai d'une fenêtre ouverte pour prendre l'air.

En sortant de ce bal, elle s'appuya encore sur moi. Je subis son poids sans dire une parole. Je rentrai pâle dans ma petite chambre déserte ; et quand mes papiers épars m'eurent fait repenser à mon voyage de Rome, l'image de son amant, de son amant ambitieux, de son amant aimé, s'éleva devant moi, remplit toute la route pour m'en barrer l'accès comme une grande ombre qui me fit tressaillir, et je plongeai ma tête au fond de mes cartons, où je restai abîmé à écouter battre mon cœur, comme une cloche de mauvais augure.

Le lendemain, il me fut impossible, comme je passais devant la chambre de Marianne, d'y frapper comme à mon ordinaire, et de lui crier bonjour! à travers la serrure; je m'arrêtai devant cette porte, j'y posai mes mains et ma poitrine, je serais tombé là, dans une rêverie interminable, si la porte ne se fût brusquement ouverte.

— Tiens, j'ai eu peur!.. C'est vous, Léonard? dit-elle, déjà éveillée comme le jour qu'elle remplaçait pour moi dans ce corridor noir que n'éclairait aucune fenêtre. Au lieu de lui répondre, et de rire un moment avec elle, comme par le passé, je descendis les escaliers quatre à quatre, bien plus en peine de me sauver d'elle, que de ce qu'elle allait penser de moi : je courus ainsi jusque dans la rue Saint-Jean, où la ville m'avait permis d'établir, sans le payer, un atelier vaste et beau, dans une maison d'émigré, qui n'avait plus ni meubles, ni maîtres : c'était un peu comme ce grand couvent, vide, sonore, mélancolique... ce jour-là surtout! Je n'y reconnaissais pas même les fleurs de mon immense jardin, dont j'étais le seul jardinier, le seul promeneur, et où j'aimais tant naguère à chanter à haute voix!

J'arpentai les allées, le parterre; je remontai dans mon atelier; je redescendis pour me fuir; oubliant d'aller déjeuner chez mon frère, comme je le trouvais si doux chaque jour; et je m'appuyai contre une vieille statue brisée, dont le marbre froid était bon sous mon front qui brûlait; j'y sentais battre un marteau qui retombait sur toutes mes artères. Enfin, je me crus frappé d'une plaie profonde.... je vous prie de croire que je n'avais pas tort : la plaie ne saignait pas au dehors, mais ce mal enfermé qui ne devait-être connu que de moi, allait s'envenimer et me rendre le plus malheureux des hommes!

Tout ce qui se passa dans mon existence depuis ce fatal éblouissement, ou pour mieux dire, depuis que cet incendie, recouvert dans mon âme, se répandit par tout mon corps, ne fut qu'une suite continuelle de combats, d'insomnies, de craintes; car il y a toujours beaucoup de crainte dans un grand amour! Cette faible et inoffensive créature, qui se réjouissait de mon voisinage parce qu'il la faisait dormir avec moins de peur des revenans, me jetait dans des terreurs à me couper la voix et la vie; il y avait des jours où je ne l'aurais pas regardée pour un empire, dans la certitude de tomber mort de ses yeux, les seuls où j'aie vu cette sentence de feu qui me rendait insensé. Je tombai dans mille bizarries, qui, tantôt faisaient rire Marianne, et tantôt la mettaient dans des indignations qui me faisaient à moi, je l'avoue, plus de bien que son rire à belles dents de perles; car il ouvrait, avec une candeur barbare, toute sa bouche; la plus charmante et la plus rose d'où se soient jemais échappées les paroles railleuses d'une femme; qui jamais! jamais ne doit ré pondre à un mot, un seul, devenu pour moi! tout l'alphabet, ce mot vivant, doux et terrible, flottant sans cesse entre elle et moi Ce qui m'a toujours confondu, c'est qu'elle ne l'entendit pas, qu'elle ne le vit pas écrit partout où je respirais devant elle. Je le lisais dans l'air, moi, jusqu'à m'en faire devenir aveugle; et si j'osais attacher ma vue sur cette belle tête de vierge souffrante, je le lisais encore au milieu de ses traits pleins d'amour et d'attente... pour un autre! Si ce n'est pas là souffrir, je ne m'y connais pas. Ce qu'il y a de sûr, c'est que j'aurais préféré tout autre supplice à celui-là; il m'était trop redoutable, trop impossible à porter. Il me semble que la révélation sincère d'une si triste maladie serait une leçon bien charitable pour un cœur menacé qui pourrait l'entendre... si on entend au fond de cette frénésie sourde et muette comme la tombe... oh! quelle tombe!

Jusque-là, toutefois, j'avais courageusement enfermé mes sept épées au cœur, et je dépensais mes heures, les jetant à pleines mains au nez du malheur qui me fustigeait ainsi, sans que personne, pas même ma mère, soupçonnât cette demi-aliénation: j'ai pensé souvent que l'amour n'était pas autre chose; je veux dire l'amour malheureux, le seul auquel j'aie goûté : pour l'autre, il ne fut jamais de ma connaissance.

Un matin, quelle fut mon épouvante, ma joie, ou mon desespoir! je ne sais encore lequel. J'étais seul dans ma rue Saint-Jean; j'avais mis entre elle et moi des maisons, de longs murs rêveurs, des églises, des jardins, et mes verroux : je pouvais pleurer, chanter ou maudire, sans que personne m'entendît. Eh bien! croiriez-vous? je ne pleurai, ni n'accusai personne. Cette entière liberté me permit de peindre avec calme; mes pinceaux couraient; ma tête était légère : on eût dit que ma vie d'amour fût accrochée à l'aile de quelque ange invisible : Repos! repos! — Je n'osais crier victoire, dans la crainte de m'éveiller. Un ruisseau d'huile d'amandes ne m'eût pas fait un bain plus délicieux!...

Les gonds de la grande porte cochère,

que je n'avais pas refermée, tournent d'abord avec lenteur. Quelque enfant, peut-être, qui regarde de loin mes roses, et qui fait semblant d'oublier l'heure de l'école. Mais on monte mon escalier dérobé; on frappe. — Qui est là? — Moi! Léonard. — Je crus que l'on me tirait un coup de pistolet dans le milieu du front. C'était elle!

— Elle, mon oncle! toute seule?

— Vous allez voir. Dans le désordre subit de mes esprits, je me penche au trou de la serrure, et je crie bêtement :

— Je n'y suis pas.

— Comment! vous n'y êtes pas! réplique-t-elle en colère; c'est un peu fort! Voulez-vous bien m'ouvrir, Léonard? Je vous déclare que je le veux : je viens vous demander un service.

La porte fut ouverte.

— C'est joli! dit-elle en entrant, sans

rien voir de ma pâleur et de mon tremblement. Et elle s'assied, en promenant un regard plein de préoccupation sur tous mes instrumens de peinture, qui lui rappelaient Delange. Hélas! je savais que l'odeur même de l'essence et des couleurs à l'huile, dont tant de femmes ont horreur, lui causait toujours une émotion profonde et ravissante.

— Léonard, je suis venue pour m'expliquer avec vous. Il se passe quelque chose. Avez-vous sujet de vous plaindre? A peine si vous nous parlez depuis je ne sais combien de temps. Ma mère n'est-elle pas bonne pour vous? et ne suis-je pas comme ma mère? Nous vous soignons, nous avons pour vous mille égards. C'est tout simple : vous aimez Delange, et c'est lui qui vous a mis dans sa chambre. Aurez-vous un reproche à lui en faire? L'hiver, du feu dans votre poêle, du thé le soir, comme à Delange ; l'été, du lait le matin, des fleurs tant qu'on peut vous en procurer : Delange les aimait. Je pense qu'elles doivent aussi vous être agréables ; et puis, c'est un souvenir pour moi : il me semble que c'est toujours sa chambre, que c'est toujours pour lui que j'arrange et que j'arrose ces fleurs.

— Merci ! murmurai-je du bord de mes lèvres glacées.

— Ce n'est pas pour être remerciée, Léonard ; mais il nous a recommandé de vous bien traiter : ne l'avons-nous pas fait, voyons, répondez ? car toutes ces bouderies-là ne me conviennent pas. J'ai bien assez de mes peines d'amour, sans être mal avec vous, et sans savoir pourquoi. Enfin, que vous ai-je fait ?

Et ses yeux, animés d'un ressentiment et d'une inquiétude sincères, n'avaient pas quitté les miens, qu'ils fascinaient.

Cette fatale pelisse bleue l'enveloppait encore. Oh! elle avait une rage de ce vêtement que Delange avait porté! On mourait de chaleur, et il lui fallait sa pelisse... Ses deux belles mains sortaient de dessous et se joignaient comme dans la prière, tandis que sa voix me grondait et me brisait sans le savoir. En attendant ma réponse, elle tirait avec quelque impatience les dentelles de ses mitaines de filet rose, et reculait en arrière la forêt de cheveux bouclés qui inondaient ses regards intrépidement fixés sur moi.

J'examinais mon sort dans cette créature adorable et simple : j'appelais Dieu et tous les saints à mon secours. Si je parlais, je sentais que j'étais perdu, et que j'allais me raconter sans y manquer un mot. Dans ma stupéfaction, j'eus assez de présence d'esprit pour me sauver par l'acte le plus ridicule que j'eusse commis encore, et je n'en étais pas avare!... Je la saisis tout à coup par ses deux mains de dentelles, et je la fis danser de force, sur le premier air qui me revint dans la mémoire; je crois, Dieu me pardonne, que c'était la *Ça ira*, fameuse horreur qui avait épouvanté les rues de toute la France. Surprise, effrayée peut-être, elle ne put résister pourtant à tourner avec moi; car j'y allais de bon cœur et en désespéré. Le fou rire s'empara d'elle, et en me criant: — Grâce! Léonard, grâce! C'est abominable! sa douce voix tremblante s'éteignit, et elle défaillit sur une chaise, où je la regardai long-temps, riant moi-même à mourir, comme si j'eusse été le plus fortuné des hommes.

Je la repris alors par ses deux mains immobiles, craignant de lui avoir fait mal:

redoutant de plus qu'elle ne recommençât à vouloir une explication sur mes bizarreries, dont je frémissais de me confesser, je l'entraînai au grand jardin solitaire, mais où regardaient une foule de fenêtres ouvertes, qui me paraissaient autant d'yeux surveillans et gardiens de ma raison. Marianne s'y laissa descendre, car je l'y portai presque, et plus sérieuse, mais plus contente, elle me dit avec douceur : — C'est bon, Léonard. Me voilà tranquille sur votre amitié, du moins. Je vois que vous êtes un original, mais je suis bien sûre que vous n'avez pas de haine contre moi.

Ce mot me rendit au réel de mon sort, et je me détournai, lui montrant, au lieu de répondre, un rosier magnifique, qui jetait alors toutes ses fleurs, comme pour les lui offrir.

—Bah! c'est pour ne m'avoir aucune obligation de mes fleurs, peut-être? Je vous crois un peu ingrat, Léonard; mais je ne suis pas fière, moi; et Dieu ne peut choisir une main plus agréable pour me les rendre.

Après ce beau compliment, elle courut au rosier, et le soulagea d'une partie de son poids. Il était assez haut pour m'empêcher de la voir, mais je l'entendais presque respirer en tournant à l'entour de l'arbuste, où je pouvais me figurer qu'elle me poursuivait.... Que ne rêve-t-on pas! Pourtant, quand ses mains furent pleines de roses, elle s'éloigna paisible, mais je m'aperçus que sa main saignait, et je ressentis une douleur aiguë dons la poitrine.

— Ah! Marianne, m'écriai-je hors de moi, vous ne voyez donc pas! — Qu'est-ce qu'il y a? dit-elle en écartant les roses avec défiance, comme s'il y eût eu quelque chenille au milieu.

— Vous êtes blessée! criai-je. — Allons, vous êtes fou, Léonard; extrême en tout, dit-elle riante et rassemblant ses fleurs; voilà grand'chose!

Il faut maintenant parler d'affaires, poursuivit-elle gravement, en se posant au bord de l'embrasure d'une vaste croisée. Nous passions alors sous le corridor vitré qui nous ramenait vers la grande cour.

— Voyons, Léonard, avez-vous bientôt fini de perdre votre temps comme vous faites? vous avez vingt-deux ans, et vous ne pensez pas à l'avenir; je vous déclare qu'on y pense pour vous, moi, et qu'il est bien résolu entre moi et quelqu'un qui ne vous hait pas, qu'il faut, qu'avant quinze jours, vous soyez marié ou parti.

— Marié! moi.... je n'aime rien, répondis-je en m'éloignant pour m'appuyer un peu contre la muraille, car je n'avais pas une goutte de sang dans les veines.

— On le sait bien, Léonard; mais on vous aime, vous! Et savez-vous où vous avez fait une conquête? mais, je dis, charmante, et riche encore! à ce bal, où vous étiez malade et pâle comme la mort, si peu soigné, sans reproche, et où vous avez dansé à bouleverser les plus solides. Enfin, cela n'a rien fait, comme vous allez voir, car mademoiselle Fanny Aubrun, fille unique, héritière de bonnes rentes, a déclaré à son père, qui l'aime comme ses yeux, qu'elle voulait de vous, qu'elle ne voulait que vous; et le père est venu lui-même vous chercher pour faire le portrait de sa fille; c'est le prétexte, entendez-vous, Léonard?

—Comment? quoi! mademoiselle Fanny? cette riche demoiselle qui porte toujours un énorme bocage sur sa tête? Ah! vous rêvez, Marianne ; je n'en voudrais pas quand elle serait reine; quand elle serait pauvre ; mon Dieu non!

— C'est vous qui rêvez, Léonard ; elle porte un peu trop de fleurs à la fois, c'est vrai ; mais, sous ce que vous appelez un bocage, elle a de très-beaux cheveux, et six mille livres de rentes, c'est beau aussi !

— Alors, dis-je, impassible contre le mur : qu'elle garde ses rentes et ses cheveux ; je n'en veux pas.

— C'est bien raisonnable, ce que vous répondez là! Encore, si vous étiez amoureux, vous! on comprendrait ce refus : quand le cœur est donné une fois, c'est jusqu'à la mort!.. Enfin, ferez-vous le portrait.

— Non, Marianne : je respecte le père et la fille. Je vous prie de ne pas en parler davantage.

—Vous allez donc penser à vos préparatifs de départ; car votre sœur et moi, Léonard, nous avons résolu que vous seriez à Paris dans trois semaines ; à moins que vous ne renonciez à la peinture, en épousant cette bonne demoiselle Fanny Aubrun. Votre mère vous aime, c'est très-bien ; votre frère ne peut vivre heureux sans vous, à la bonne heure ; mais tous ces amours dolens n'avancent à rien : je vis bien sans ce que j'aime le plus au monde, moi, dit-elle amèrement ; pourquoi donc les autres auraient-ils moins de courage que moi ? Je veux que vous partiez, Léonard ; c'est un complot entre moi et votre belle-sœur, qui est raisonnable.

—Vous êtes affreuse de me parler, ainsi ! m'écriai-je, oubliant toutes mes résolutions : osez dire que vous auriez quitté Delange la première, vous ! osez le dire !

— Mon pauvre Léonard! répliqua-t-elle d'une voix moins sûre, il ne faut pas me tenter; ne me demandez pas cela; c'est grave, voyez-vous; et Dieu seul.... Oh! non, je ne l'aurais pas quitté, moi; je serais morte avant! Mais ce n'est plus cela avec vous; rien ne vous aime ici à ce point; et vous surtout, vous n'aimez rien....

— Taisez-vous! dis-je en l'interrompant, vous perdez l'esprit. Il faut être bien folle de l'amour d'un homme, pour ne pas s'apercevoir qu'on en fait mourir un autre! Je vous aime bien autrement que vous n'aimez, vraiment! je vous idolâtre, moi, Marianne, et depuis un an, depuis toujours, sans doute! et vous me chassez! vous m'envoyez à Rome, où vous n'êtes pas! vous faites un complot de mariage contre moi, comme les enfans qui jouent avec des boules de neige, et qui y cachent des cailloux pour faire du sang, j'ai vu cela! et vous me croyez fou! Cela vous fait rire, un original comme moi; et vous venez me faire des reproches, me traiter d'ingrat, ingrate fille! et quand je vous donne toute l'âme qui m'est descendue du ciel pour vous adorer, vous m'apportez votre estime! Ah! c'es une belle gaillarde que l'estime, pour servir de contre-poids à un amour comme celui que vous m'avez jeté, Marianne! c'est un dictame bien calmant pour surmonter les palpitations que je renferme avec un courage de lion. Allez, cruelle! donnez votre estime à votre amant, puisqu'il a votre amour; donnez-lui tout. Moi je n'ai que trop de votre simple image pour passer une vie de rage et de solitude au milieu d'un monde que je me mets à haïr de tout l'amour inutile que je vous porte... Venir me parler de Rome! Qu'ai-je à faire là? Y êtes-vous? Y viendrez-vous ? Et si vous y veniez, serait-ce pour moi? pour m'apporter votre estime? J'aurai mieux partout, je vous aurai vous-même toute vivante et tout entière dans ma mémoire. La peinture, Marianne, c'est vous ; l'avenir, le soleil, la gloire, l'air, c'est vous ! Pourquoi me faites-vous partir pour Rome ? Ce jardin me suffira bien... Allez ! songez à vos amours, et laissez-moi aux miennes..... Mais, mon Dieu ! qu'est-ce que je fais ? dis-je en m'interrompant avec effroi. Vous ai-je avoué que je vous aimais, Marianne ?..... Que diable êtes-vous venue faire ici ? Je n'allais pas vous chercher. Je vous fuis depuis assez long-temps, je pense ; aussi, je ne vous demande pas pardon ; car, je vous ai dit tout cela sans m'en apercevoir. »

Marianne me regardait stupéfaite et pâle ; j'aurais parlé un jour entier, qu'elle m'eût écouté, les yeux immobiles. Quand j'eus fini de délirer, elle se souleva lentement de l'embrasure de la fenêtre, où un instinct de pudeur l'avait nichée durant ma révélation; et d'une voix qui tremblait un peu, mais où je sentis une bonté, une pitié atterrante :

— A revoir! dit-elle; à revoir, Léonard! J'étais donc plus malheureuse encore que je ne pensais; pauvre Leonard ! je vous plains : c'est une grande et triste maladie que nous avons là! »

Elle gagna seule la grande porte, l'ouvrit, la referma, en oubliant ses roses, sur lesquelles je pleurai toutes les larmes qui m'étouffaient.

Je me rends maintenant compte d'une chose : c'est que ce jour, tout terrible, tout privé d'espoir qu'il était, fut mon seul beau jour dans mes siècles de purgatoire et d'expiation. Le ciel s'était entr'ouvert ; je n'y étais pas entré, mais j'avais osé frapper à la porte, et plonger de toute l'énergie de ma douleur dans les délices qu'il m'était interdit de goûter jamais. J'avais dit : je vous aime! je l'avais crié avec angoisse, amertume et convulsion ; mais elle savait mon malheur, elle en avait pâli, et, comme un malade, j'en sautai de joie dans ma fièvre. Je pressai mon cœur comme pour en extraire toute l'absinthe qui l'avait inondé, et je le sentis plein d'une inexprimable reconnaissance envers Dieu ; car il venait de me délivrer d'une horrible surveillance, comme si j'eusse gardé là quelque trésor confié à ma vigilance, quelque arbre défendu... ou plutôt le serpent qui me mordait incessamment le sein, pour sortir et me perdre : j'étais perdu, c'est vrai ; mais je ne tournais plus autour de l'abîme, j'étais au fond, regardant Marianne et criant au ciel : je l'aime! je l'aime!.. au fait. Ce moment là vaut bien toute une vie!

XIX.

UNE LETTRE POUR MARIANNE.

Le soir, je portai les roses que Marianne avait oubliées; je les posai sans affectation devant elle, sur une chaise où son ouvrage de broderie était placé.

— Merci, Léonard, dit-elle, d'une

voix.... quoi? d'une voix aimée; ainsi, de la plus ravissante au cœur qui a souffert : qui est-ce qui ne sait pas cela? Il n'y a pas de doute que c'est Dieu qui parle là-dedans.

— Que c'est vrai! mon oncle, interrompit Ondine, qui ne perdait pas une parole.

—Ah! bien vrai! ma pauvre enfant. Bien triste aussi, quand c'est pour faire semblant; quand c'est pour retomber après dans un silence de mort. Enfin!...

—Voyez, ma mère, comme les roses de Léonard sont belles, disait-elle à sa mère, en les lui donnant pour les mettre dans l'eau, car cette bonne et simple femme s'occupait de tous les soins d'intérieur qu'elle pouvait épargner à sa Marianne. C'est vrai, répondit madame Élie, elles sont grosses comme des choux-fleurs.

— C'est qu'il ne vient pas autre chose dans son jardin, ma mère; elles prennent tout; la rosée, le soleil, l'air et le suc de la terre.

— Oui, tout! dis-je en me promenant par la chambre : c'est comme un cœur qui n'est distrait par rien; ni par la gloire, ni par l'ambition; il prend toutes les substances de la vie; il croît, et se gonfle à rompre la poitrine.... Je sentis, à temps, que j'allais parler trop; je pris de la lumière; et je leur donnai vivement le bonsoir.

— Quel loup-garou! dit madame Elie : Est-ce que c'est aussi la peinture qui lui perd l'esprit? On ne peut plus l'avoir.. On devrait bien brûler toutes ces inventions de chevalets qui les fatiguent, à mourir : j'appelle tout cela, moi, des solitudes impardonnables.

J'entendais cette digne veuve en gagnant ma chambre, ma chambre! intimement attachée à celle de Marianne. Je regardais

en passant ces deux portes, avec une douleur résignée et tendre : « Voilà, pensais-je, une image assez vraie de notre destinée ; ces deux chambres se tiennent, on dirait, sous le bras ; elles s'appuient l'une contre l'autre, toutes deux, simples et pareilles à l'extérieur ; au dedans, peut-être. Nous souffrons tous deux du même mal, et sans retour ; car elle est bien faiblement aimée, pauvre Marianne ! Pauvres chambres séparées par un froid et impénétrable obstacle ; elles seront toujours, toujours fermées l'une à l'autre. Je voudrais mourir dans cette chambre ! Où serais-je jamais mieux pour mourir, qu'auprès de la sienne !... »
Il me prit envie de redescendre, pour lui jurer que j'étais le plus heureux des hommes ; mais je n'osai pas, et je fis bien, car deux mois après, tout était bouleversé dans l'une ; et j'étais à peu près mort dans l'autre.

Je rentrais un soir, n'ayant commencé à marcher lentement qu'au tournant de la rue des Chapelets; car c'était toujours là que je m'apercevais que j'étais hors d'haleine. Je ne vis pas Marianne, travaillant à la lampe comme tous les soirs. Mes yeux la nommaient peut-être; car sa mère, vigilante et sage, mais qui eût été au milieu d'un bataillon d'amans, sans en deviner un, me dit bonsoir comme à l'ordinaire; et puis : « Marianne est couchée; elle est un peu malade; elle est folle avec son Delange : car je suis sûre qu'il y a du Delange là-dessous. Si j'étais d'elle, je resterais fille une fois pour toutes. *Jésus Maria!* que cette enfant-là est faible! On dirait qu'elle n'est pas de mon sang; pour le mariage, s'entend! Ce n'est pas déjà si beau Tenez, Léonard, il n'y a que nous de raisonnables : vous ne pensez pas à l'amour, vous? et vous faites bien : comme s'il n'y avait pas assez de choses à faire dans le monde! On ne sait où donner de la tête pour arriver à bon port, avec la grâce de Dieu! »

Elle s'agitait en effet doucement; remettant en ordre chaque chose ; passait devant la chaise déserte de Marianne, à qui elle adressait ses réflexions et ses remontrances; attisait le feu, qui n'allait pas ce soir-là, ni la lampe... ni rien !

Elle profita quelque temps de mon silence soumis, pour me faire entrer avec elle dans tous les détails du ménage, se contentant d'un signe de tête que je plaçais de loin en loin, en forme de réponse; elle m'aurait tué, que je n'aurais pu lui en donner davantage.

Tout en parlant, néanmoins, elle finit par placer devant moi ma lumière, pour me faire ressouvenir d'aller me coucher; je montai moins paisible que ne le supposait cette calme veuve. Il était assez tard ; je ne sais quelle agitation, comme dans un arbre qui frémit à l'approche de l'orage, m'empêchait de songer à gagner mon lit : j'écoutais souffrir Marianne, et le sommeil était à Rome !

Il y a des soirs où rien ne se ressemble, dans les lieux que nous habitons ; mes meubles aussi vieux que la rue, qui remplissaient patiemment chacun leur humble destination, semblaient jouer comme du bois neuf, je le crus du moins à des bruits légers qui troublaient seul le silence profond de ma solitude ; une tête de mort clouée contre la muraille, la même que vous dessiniez une fois, et qui servait de piédestal à un Christ de madame Elie, me fit le singulier effet de bouger.

Marianne a raison, dis-je ; je suis fou! j'allais droit à la tête pour m'en convaincre, elle bougeait cependant, et je sentis en moi-même ce qui ressemblait furieusement à de la poltronnerie; car ne m'expliquant pas du tout la cause de ce balancement assez effroyable, j'y portai la main, avec ce que je voudrais nommer de l'intrépidité, mais qui n'était qu'une belle et bonne terreur, dont j'aurais eu honte toute ma vie, si une souris qui s'élança sur mon épaule, ne se fût chargé de me prouver que je n'étais pas tout à fait dans mon tort. Elle regagna son trou, et je retombai dans mon immobilité rêveuse.

J'avais les yeux fixés tantôt sur une petite pendule monotone qui me tenait compagnie, tantôt sur ma lumière vacillante; et j'y lisais dans un flocon de la mèche fortement enflammée : *Nouvelle!* superstition de nos pays. Je crus me tromper en entendant frapper à ma chambre : ce fut presque au hasard que je dis : Entrez ! car je n'ôtais jamais ma clé dans cette paisible maison. Marianne entra, se posa droite devant moi, contre ma commode. Il n'y avait aucun désordre dans son ajustement ; mais elle était très-pâle, et elle avait beaucoup pleuré : sa voix éteinte me le fit croire ; et puis, quelqu'un qui souffre voit vite au fond des traits d'un camarade d'infortune : je lus donc une grande douleur sur les joues blanches de ma belle voisine.

« Asseyez-vous, lui dis-je ; » elle s'assit ; elle me regarda du regard le plus fatal ! du regard que ses yeux noirs seuls pouvaient lancer sur mon âme à travers la nuit et ses pleurs ; ensuite, elle cacha sa figure sous ses mains : je n'osais respirer. Je sentais que c'était là une heure solennelle et que je touchais au plus grand de mes malheurs :

c'était tout simple; elle avait l'air au désespoir.

— Je suis morte, Léonard, me dit-elle. Si vous n'étiez pas malheureux, je ne serais pas venue à vous; ils ne me comprendraient pas, les autres; mais vous, pauvre Léonard, qui aimez sans espérance, vous pleurerez avec moi.

— Je ne me fis pas prier, je vous jure; en voyant les ruisseaux de larmes qui noyaient sa chère figure, je sentis mon cœur s'ouvrir et se fondre.

— Vous ne saviez pas qu'il se marie, n'est-ce pas, Léonard? vous ne l'auriez pas deviné, vous! Mais, voici la lettre de ma sœur; oh! elle est bien de ma sœur. Il va se marier dans huit jours.... Moi, Léonard, je pars cette nuit, à cinq heures: vous me conduirez; vous fermerez doucement la porte de la rue; je vous donnerai la clé;

vous rentrerez doucement; demain, quand on montera à ma chambre, qu'elle sera vide, que ma mère criera, vous lui direz tout. vous lui direz qu'il l'a fallu; que j'ai bien fait; que je vais me marier; que c'est écrit au ciel, comme dans cette promesse de sa main; et... si je me trompe, Léonard, vous consolerez ma mère; car dans huit jours, tout sera dit pour moi.

J'étais à mon tour contre ma commode où j'avais pris sa place; et la chambre, la pendule, la tête de mort, la lumière et Marianne, tournaient devant mes yeux avec une incroyable vitesse. J'allais tomber, sans doute, mais je ne tombai pas, car Marianne me retint en se jetant dans mes bras, se roulant sur mon cœur; criant d'une voix étouffée: « Me trahir! me trahir!.... mais, ce n'est pas permis; il m'a dit de l'attendre, je l'attends!... vivant ou mort, Léonard, je l'aurais attendu ; vous en êtes témoin ? Il me croit peut-être morte , lui ?.... Mais , c'est égal , c'est écrit au ciel.... il le sait bien lui-même ; nous l'avons dit mille fois. Eh ! ne le dit-on pas quand on s'embrasse devant Dieu seul ! Miséricorde ! Léonard , dit-elle par réflexion , tristement appuyée sur la chaise : miséricorde ! Léonard ; que cela fait de mal d'aimer ! »

Je le savais bien ! Elle voyait que je n'avais plus à apprendre ce mal-là. Nous nous regardâmes tous deux dans une communauté de douleur qui ne se devait rien : c'était de compassion l'un pour l'autre ; aussi, nous eûmes honte de crier nos souffrances ; car nos yeux y lisaient avec une pénétrante sagacité, et semblaient dire : Oui ! tu souffres beaucoup !

Une question m'échappa pourtant : ce fut la seule ; elle intéressait son repos.

— Sait-il que je vous aime tant, Marianne ?

— Il ne s'en doute pas, Léonard, répondit-elle avec ce ton d'innocence qui eût fait étrangler son trahisseur. Puisque je l'aime, lui ! c'est comme si votre amour n'existait pas : pourquoi donc lui en aurai-je parlé ? Ne vous couchez pas ! poursuivit-elle en me quittant ; je n'ai pas peur que vous dormiez ; mais on est si abattu quand on est malheureux, et nous n'avons que quatre heures pour gagner le faubourg où je monterai dans la voiture. Je fis un signe d'acquiescement ; elle sortit.

Ah ! qu'il aurait bien voulu, peut-être, apprendre que j'étais tombé dans cette chaîne qu'il avait tendue devant ma vie !.... Que d'idées confuses me revinrent ! Oui ! c'était affreux de la trahir.... de m'avoir laissé là... seul... Je serrais fortement ma main contre mes yeux : on eût dit que ma main devenait lumineuse, et que j'y lisais tout le passé : je me sentais mourir.

Marianne rentra prendre pour elle mon flambeau de travail : elle, m'apportait sa petite lampe de nuit; nous échangeâmes nos pâles clartés qui tremblaient. Je l'entrevoyais à travers des lueurs si sombres! Qu'elle y était belle, mon Dieu! et je ne devais plus la revoir!... Soyez sûre, Ondine, qu'on ne meurt pas de tristesse. Je l'entendis long-temps marcher, se préparer sans doute des vêtemens; après, je n'entendis plus rien. Je tombai dans une stupeur et un engourdissement complet. Des rêves noirs comme la nuit me battaient leurs ailes sur le visage; j'avais froid et j'étais lourd comme un homme de plomb.

Je lus cette lettre qu'elle m'avait donnée, de sa sœur mariée à Paris; une écriture informe, d'autant plus illisible, que la lettre était toute trempée de larmes. Mais c'était vrai : j'en lus assez pour deviner.... ce que je pressentais depuis long-temps : que son fiancé, guéri d'un rêve pur, en réalisait un autre plus brillant. Il allait épouser la fille d'un général.

C'était ainsi que devait finir leur amour d'enfance, à eux, respiré avec les premières fleurs de la vie, éprouvé par l'absence qui l'augmente, dit-on!... Ah! c'était impossible, en effet. La pensée ne me vint pas de la détourner de ce voyage; elle le disait elle-même, c'était écrit. Aller parler à une femme amoureuse, qui garde depuis douze ans une promesse de mariage sur son cœur, ç'eût été d'un fou; je ne l'étais que pour me déchirer moi-même et la conduire à sa destinée, puisqu'elle m'avait choisi pour ce devoir.

Moi, j'avais déjà perdu ma vie uniforme

et belle. Belle, parce qu'elle était innocente; bercée au fond d'une ignorance angélique, qui me donnait un incroyable désir d'immortalité, parce que c'était ainsi que je la souhaitais : Marianne, à quelques pas de moi, respirant dans toutes mes heures; moi, les lui donnant à boire sans lui dire : Prenez! ceci est mon sang ,ceci est ma vie; lui apportant mes roses; lui donnant mon voyage de Rome; mes tableaux imaginaires, et ma gloire en amour : n'était-ce pas cela que je venais de faire depuis deux ans? Hélas! elle n'avait eu que cela, parce que je n'avais pas d'autres trésors.

— Allons, dit-elle, en me prenant par le bras, et m'entraînant dans l'ombre, après avoir soufflé sur sa lumière, comme sur ma dernière espérance. Ce fut elle en ce moment qui me soutint.

Nous nous trouvâmes dans la rue, sans

avoir entendu nous-mêmes les verroux que nous venions d'ouvrir. Quand nous fûmes au bout de cette rue chère et profonde, qu'elle avait peuplé si long-temps pour moi de la foule des anges et des fées, auxquels elle croyait de toute son âme, le cri lamentable d'un chien perdu jeta dans l'air une terreur qui l'atteignit à l'âme. Elle s'arrêta, mit sa tête sur mon épaule, et pleura.

Puis, se retournant tout à coup comme par un ressort violent, elle s'écria, sans le savoir elle-même : Ma mère ! Ah ! ma mère !

Son voile flottait au vent; ses cheveux tombaient de dessous les dentelles qui me cachaient son doux visage. Le cœur me revint et me battit encore; un rayon traversa ma nuit; je crus qu'elle allait retourner; je fis un pas pour rentrer dans la rue dont nous allions sortir, avec une anxiété qui faisait trembler mes genoux. Elle me comprit, n'ajouta pas un mot, et se mit à courir en avant, m'entraînant par la main avec une autorité qui semblait me dire, ce qu'elle se disait sans doute à elle-même : Allons : puisque tu aimes, souffre!... Et je lui obéis.

Je devins son complice, son guide, sans résistance, avec une abnégation impassible du présent, de l'avenir.... D'ailleurs, y en avait-il pour moi? Mariée ou morte, n'était-elle pas perdue? Ainsi, adieu, Marianne! adieu! lui dis-je, près de la voir entrer dans cette lourde voiture qui me semblait un cachot roulant, où je n'entrevis qu'une femme et deux enfans, par bonheur. Elle monta là-dedans, et je crus que je m'enfonçais sous la terre.

La lune, qui est si souvent entre deux amans heureux, vint jeter un éclair pâle et blanc sur ma triste maîtresse; elle me vit de même; sa main fiévreuse, douce et cruelle, se posa sur mon front glacé: — Priez pour moi, Léonard, dit-elle tout près de mon oreille; moi, je prierai... Je ne l'entendis plus.

Un gros conducteur m'enleva par le milieu du corps, et me planta contre la muraille, peut-être pour que je ne fusse pas écrasé sous la voiture qui s'ébranlait, et qui disparut bientôt dans les dernières ténèbres d'une nuit d'octobre et de désespoir!

Souffrait-elle moins que moi? Je l'espère encore! Une âme malade gagnera toujours au mouvement des voyages. Il semble que l'on se fuit soi-même; ou du moins, le bruit des roues, les arbres qui courent, reposent des idées fixes, en les faisant tourner. A présent c'est tout. Le livre s'est fermé là pour moi. Le reste n'est qu'un amas de douleurs sans forme, sans saillie; un chaos qui n'est pas racontable : de la douleur, de la douleur et de la douleur! voilà l'histoire faite.

La sienne se prolongea, se développa en incidens qui me renvoyaient des coups sourds et affreux, et qui semblaient m'enfoncer dans mon gouffre, comme un bâtiment qui fait eau de toutes parts, et qui s'abîme sous le vent ou sous une surcharge imprévue.

M. Léonard se prit à rêver.

— Et quand vous êtes revenu, mon oncle? dit la pauvre Ondine sur son escabeau, où elle restait pâle et courageuse, comme durant une tempête...

— Vous voulez tout savoir; pourtant il n'y a plus rien : hélas! pas plus qu'au fond des joujoux de carton que vous brisiez pour savoir ce qui se passait dans leur tête. Demandez, après un convoi, ce qu'il y a?

— Moi, mon oncle! je suis là : ce n'est donc pas quelque chose? Je suis quelque chose, enfin.

M. Léonard lui sourit tristement, et souleva, dans un rayon oblique de soleil, une des tresses dorées d'Ondine, qui s'était détachée des autres.

— Il n'y a que Raphaël, dit-il, qui ait su faire briller et vivre ce blond-là sur la toile.

Puis il reprit, comme s'il ne se fût pas interrompu :

XX.

LES DERNIÈRES FLEURS DE L'ANNÉE.

L'AUBE, qu'une gelée blanche rendait plus hâtive et plus claire, m'offrait déjà tous les objets distincts quand je rentrai dans la ville. Je pouvais regagner ma rue sans qu'une âme me rencontrât ; mais un chagrin rodeur m'en fit parcourir plus de vingt pour m'essayer à traîner l'existence qui m'attendait, vide de Marianne. Marianne! beauté radieuse et transparente! si bien harmoniée avec l'ardente contemplation de mes yeux, et la lumière qui ruisselait autour d'elle, dans ce frais jardin où l'air dansait, où je dansais moi-même, par une de mes joies désespérées, sans avenir, saisie au vol, comme un papillon qui vous laisse un bout d'aile entre les doigts, et qui fuit pour ne reparaître jamais: et ce qu'il y a d'adorable et d'affreux, c'est qu'on le sait bien! c'est qu'on ne laisse aller le papillon que dans l'effroi de rompre ou de profaner ses brillantes ailes! cette poussière de velours qu'il a prise au ciel. Je faisais, je crois, ces réflexions, appuyé sur le garde-fou de la fontaine St-Morand où je regardais flotter mon ombre, comme un confident silencieux et pâle.... L'idée me vint un moment que je pouvais me réunir à cette ombre, qui n'était pas plus loin de moi qu'un repos éternel... J'en demande encore pardon à ma mère! Ce fut elle, peut-être, qui étendit son mantelet noir sur la surface attirante; je le crus du moins, car je me donnai un grand coup de poing dans la poitrine, et je m'éloignai de cet attrayant précipice, en me dévouant aux jours qui m'étaient encore comptés.

Sept heures sonnaient quand je rentrai dans la rue des Chapelets. Madame Elie était sur sa porte, causant tranquillement avec la laitière qui, malgré la gelée blanche, apportait encore un reste de fleurs pour mademoiselle Marianne. Madame Elie, tenant d'une main ces fleurs, et de l'autre son lait, demeura surprise à mon aspect : elle crut que je m'étais dérangé, pour la première fois depuis mon séjour dans sa maison ; elle me fit rentrer avec une sorte d'autorité, comme un enfant que l'on retrouve et que l'on chasse devant soi. L'idée des verroux qu'elle avait trouvés ouverts lui revint peut-être à l'esprit, car elle ne put se retenir de me dire avec un peu d'altération : C'est bien ! quand Marianne va savoir cela !... car vous méritez bien que je le lui dise, Léonard ! Je n'y résistai pas; je pris ses mains que je serrai avec l'angoisse que j'allais lui causer à elle-même, et je lui dis d'où je venais. Pauvre femme ! pauvre veuve! elle chancela et glissa, plutôt qu'elle ne s'assit, à la place où Marianne ne devait plus revenir. Un cercle pâle entoura ses yeux et les creusa; puis un profond soupir, mais bien triste, fut la seule imprécation qui put sortir de son cœur contre son enfant *en allé* ! Ah! c'était affreux !

— Pourvu, dit-elle après un long silence, qu'elle arrive à temps... Car il n'est pas assez abandonné de Dieu et des saints pour nier sa signature. D'ailleurs, il a toujours eu peur de ses larmes : Dieu aussi peut-être en aura pitié!... plus qu'elle n'a eu.... mais je ne voudrais pas dire une parole pour empêcher Dieu de la protéger, Léonard!.. Qu'est-ce qu'on est d'ailleurs pour une enfant, quand elle s'est promise, et qu'elle ne dit plus ses prières qu'avec des paroles d'amour?

Elle s'était levée; elle tournait comme la poule qui bat des ailes, et qui ne peut s'envoler. Les fleurs destinées à sa fille parurent attirer son attention. Elle les prit, les roula dans ses mains agitées; puis, par un instinct de mère qui me mouilla les yeux, elle fut les attacher, en se haussant sur ses pieds tremblans, à une petite vierge en cire, qui avait long-temps protégé Marianne, sa Marianne! J'étouffais.

Puis, après une invocation mentale sans doute, que son action révélait plus que ses lèvres, elle fit la courageuse; se livra, comme une femme tout en Dieu qu'elle était, aux travaux du matin, dont elle ne devait rompre l'habitude que pour mourir; car elles sont comme cela, nos femmes du Nord.

Elle rangea la table, l'essuya, comme si ce n'était pas fait de la veille; elle posa deux tasses blanches par distraction, comme tous les jours. Cette vue arracha un nouveau soupir incisif, déchirant, du fond de son cœur navré, et elle me regarda d'un air à me rejeter Marianne tout entière dans l'âme, si j'avais pu l'oublier! puis, d'une voix assez calme, qui renfermait une prière pleine de puissance, elle me dit, en avançant devant moi cette belle tasse *de trop*:

—Déjeunez avec moi, Léonard. Je tâchai d'avaler le lait que la pauvre mère n'avait pas acheté pour moi.

Quand nous eûmes pris en silence ce repas, l'un des plus amers dont je me rappelle le goût, elle dit :

— Que la volonté de Dieu soit faite, Léonard! mais si j'avais eu à choisir, Marianne n'aurait jamais eu que vous pour mari; c'est bien dommage, Léonard, que vous n'ayez pas eu d'amitié de mariage pour elle... C'est pourtant une bien bonne fille, malgré... et vous aussi, un digne garçon, Léonard; vous auriez été bien heureux ensemble. Ce ne fut que là qu'elle fondit en pleurs.

Pour moi, j'étais si pâle quand elle me regarda, qu'elle ouvrit elle-même brusquement la porte, et me fit signe avec la main de la quitter.

Elle eut encore le courage de monter chez sa fille, d'ouvrir les fenêtres, comme quand quelqu'un est mort la veille et disparu.

Elle trouva tout dans un ordre admirable, me dit-elle avec une sorte d'orgueil maternel; mais ses yeux étaient bien rouges!

XXI.

UNE VENGEANCE DE M. LÉONARD.

Le bruit courut, trois semaines après, que Marianne était morte : on dit cela devant moi, sans se douter qu'on m'allongeait un coup de poignard. On ne l'eût pas dit devant ma belle-sœur; mais moi!..... Je tombai dans les bras de votre père; et je m'en fus après jusqu'au bout du rempart. J'embrassai l'arbre qui me retint avec une affliction forcenée; je lui dis tout ce qu'un homme peut raconter de douleur, lorsqu'il ressent la mort dans la vie ; et je me roulai sous la poussière. Deux heures après, je redescendis soutenu par mon excellent frère qui m'avait suivi, et consolé par son triste silence.

Huit jours se passèrent, et l'on me retira de mon linceuil. Marianne vivait, après avoir été à toute extrémité de la vie ; Marianne était mariée : il l'avait épousée... Le remords venait de faire deux malheureux; moi, je ne comptais pas; je n'étais d'aucun nombre; créature isolée, inutile, j'acceptai mon sort dans une aride nullité, et je m'y établis comme je pus, sans me plaindre autrement que par mon irrévocable éloignement du monde.

Ma figure devint peu à peu étrangère à ma ville natale, que je ne reconnaissais plus moi-même. J'allais, je venais par un instinct machinal; et je m'aperçus, un beau jour, en levant les yeux autour de moi, qu'on avait la bonté de me regarder comme un aliéné, pas méchant, qu'on laissait doucement passer sans lui courir après, ou lui barrer le passage, en levant seulement les épaules avec compassion.

Je ne goûtai nullement cette pitié, qui me parut amère en diable; je fis un bond hors de moi-même, pour me regarder passer et souffrir, résolu de me juger avec toute la raison qui me restait encore; je souffrais fort mal. Je me vis avec une barbe énorme, noire et touffue, qui ne va bien qu'aux sauvages ou aux modèles d'atelier; mon teint flétri rendait cet ornement de l'homme une assez mauvaise plaisanterie, dans un pays où l'on se fait régulièrement la barbe tous les jours. Ma mère et la vôtre avaient grand soin de renouveler mon linge, qui était fort blanc et de la plus fine batiste; mais ma cravate était mise à faire mal au cœur. Je fus étonné de voir que mes bas étaient tors et à l'envers; mon gilet de satin brodé, boutonné comme s'il y eût eu antipathie entre les boutonnières et les boutons; que la boucle de mon chapeau était tournée derrière ma tête, ce qui, dans ce temps, était une inconvenance choquante pour tout ce qui respirait en France, d'une manière un peu distinguée. J'entr'ouvris mes lèvres, amères comme si j'eusse mangé du fiel; je retrouvai mes dents naguère si blanches, si belles, qu'on ne les comparait chez mon frère, qu'à celles de Marianne, alors ternes, et d'une teinte morte, qui me rappela celle que nous trouvions quelquefois dans le cimetière, au milieu de l'herbe et de la terre fraîchement remuée autour des tombes, quand nous allions nous y étendre au soleil, moi pour y rêver, vous pour y faire des couronnes de mauves et de marguerites.

Je me ris amèrement au nez, en me regardant ainsi : Me voilà donc! dis-je. Comme elle m'a fait!... Injustice! Comme je me suis fait moi-même! S'en doute-t-elle là-bas?... Et puis aime-t-on par ordre? M'en a-t-elle donné d'autres que de la faire danser un soir au bal, et de la conduire depuis à la diligence? J'ai obéi! Elle m'avait aussi commandé d'aller à Rome... A propos de Rome, j'avais un prix pour entrer dans ce pays des arts : j'ai bien peu de chose à y porter maintenant; et les yeux bien las pour regarder ces éblouissantes merveilles, ces Vénus, ces êtres fantastiques, dont pas un ne ressemble à Marianne, beauté unique, demidéesse, demi-bourgeoise, demi-sainte et demi-pécheresse, que l'on ne peut prendre pour l'héroïne complète d'aucun roman, mais qui fera le mien tout entier, bien que les pages de notre histoire ne doivent jamais être reliées ensemble.

Après ces raisonnemens, que personne ne grondait, parce que je les faisais tout seul, je restais de nouveau des heures entières à regarder voler les papillons sur les tertres funèbres recouverts de fleurs, seuls visiteurs de ce lieu morne et muet. C'est là que je pris cette amitié, que j'ai encore pour eux, me figurant qu'ils volaient en message, de la part de parens où d'amis fidèles, qui ne peuvent toujours revenir à leurs morts bien-aimés. Ainsi l'air se peuplait de pensées d'âmes attristées, qui prenaient cette forme légère et facile pour traverser l'espace; j'allais jusqu'à frémir de superstition, quand j'en sentais un m'effleurer la joue, me figurant que c'était Marianne qui l'envoyait elle-même par ce rapide voyageur... N'avait-elle pas pleuré devant moi? et la pensée ne retourne-t-elle pas long-temps après encore, à la chapelle où l'on a été consolé?...

Sa mère aussi entrait quelquefois chez moi; elle s'asseyait long-temps sans me parler, tantôt me regardant, tantôt les yeux fixés à terre, les mains pendantes et tristes dans ses poches. Il y avait une attraction dans tout ce qui se passait à son insu dans mon cœur... Ah! c'était Marianne qu'elle cherchait, dont elle s'approchait, en m'approchant!

J'essayai de m'étourdir un soir, et de faire la mauvaise tête : Marianne avait le tabac en horreur; j'en pris avec frénésie, jusqu'à me faire sauter le crâne : « Allons! courage! disais-je en respirant jusqu'au fond de la boîte ; elle me haïra du moins pour quelque chose ! »

Mais j'en pris heureusement trop pour outrager long-temps la délicate mémoire de Marianne ; je tombai dans une ivresse qui me donna la fièvre, et je jetai le lendemain cette vilaine vengeance dans les fortifications. Un vieux soldat, qui faisait sentinelle au pied de la tour Notre-Dame, crut que je lui envoyais cette tabatière en présent ; il m'ôta son chapeau, et me porta sérieusement les armes ; grâce à mon épée, peut-être, il me prenait pour quelque chose de militaire. « Voilà ! dis-je ; il me croit généreux, quand je ne suis que dégoûté et envieux ; car, je le trouve heureux, lui ! de pouvoir user quelques-uns de ses quarts d'heures sur une distraction qui me soulève et me rend malade comme un débauché !... Je tâcherai de peindre !

XXII.

UN PARFUM.

Marianne voulut m'écrire; car elle etait très-bonne : elle ajouta une page détachée à celles que reçut sa mère, où elle se mettait à genoux devant elle pour lui apprendre son mariage, et lui demander pardon.

« Quoi faire? quoi dire, Léonard?... » Ce fut tout ce que madame Élie trouva, en essuyant une larme, et en me montrant ma part de lettre. Elle avait encore ses lunettes qui ne lui servaient jamais que pour lire *la Bible*, ou ses prières en latin : ce jour-là, elles lui avaient servi à lire une lettre de sa fille!... Elle ne les ôta que quand elles furent troubles de ses pleurs, et pour m'écouter lire la mienne, jusqu'à l'adresse et à la signature de Marianne.

Son cœur passionné ayant atteint, ce qu'elle pensait, l'enfant! le comble et le sceau de sa destinée sur terre, eut une angoisse pour le mien qui restait, pensait-elle, si vide et si désespéré : désespéré, c'est vrai; mais vide, oh! non pas! j'étais bien plus marié avec elle-même, c'est-à-dire avec son âme, que son Delange ne pouvait jamais l'être hélas! eût-il signé cent contrats les uns sur les autres, et mis à son doigt mille anneaux d'or devant les prêtres et les livres de la loi : enfin, elle pensa que des lettres me feraient du bien, et elle m'en écrivit.

Je ne la reconnus pas dans cette écriture que je n'avais jamais vue. Je n'avais qu'à regarder devant moi pour la retrouver présente dans la nuit ou dans le jour, dans les rues, dans mon jardin, partout! Son écriture, toute de travers, n'avait pas un trait de sa physionomie mobile, pas même un retentissement de sa voix; car le naturel charmant de ses mots, de son rire sonore et vrai, de ses demi-révélations d'en haut, qui sortaient de ses lèvres, sans le savoir, comme les chants qui ouvrent la bouche des anges dans les chœurs séraphiques de Raphaël, qui me donnent toujours une si puissante envie d'adorer et de chanter moi-même : ce papier griffonné n'en retenait rien pour moi. Il était doré sur tranche, et il sentait le musc. Ah! mon Dieu! Marianne sentir le musc! quel désespoir! Ce n'était plus ce parfum qui sortait doux de ses cheveux, d'elle-même; car chaque être a sa senteur comme chaque plante, qui cause l'attraction ou l'éloignement : et Marianne avait un goût suave et pur, un souffle balsamique que je n'ai jamais retrouvé que dans l'air des champs, et que cent mille parfumeurs réunis, ne pourraient prétendre à composer pour moi, doué d'une mémoire si malheureuse et si fidèle : aussi, jugez comme j'avais besoin de ce musc de boudoir!

Je finis par ne pas répondre à ces lettres honnêtes, qui me froissaient comme une musique du dehors qui passe et se mêle tout à coup à une musique intérieure où l'on se plaisait : on est obligé de fermer les fenêtres et d'étouffer ses oreilles. Je fermai volontairement mon âme à ces consolations qui irritaient mon mal, et j'eus le goût de ne plus répondre. Marianne me crut guéri ; elle dit qu'elle en était contente.... et elle pleura une fois, plus d'une fois peut-être, devant mon image changée.

C'était un coup pour elle, car elle voulait croire à la constance dans l'amour : si Léonard change, on peut donc cesser d'aimer?.. L'ingrate ! elle ne me pleura qu'en songeant à celui qui la faisait lentement mourir sous ses infidélités uniformes ! Elle osa dire : — Voyez, ils se ressemblent tous; et Léonard aussi ne m'a aimée qu'un temps !

Sa sœur, qui vint en voyage chez leur mère, me dit cela. Je l'écoutai sans lui répondre ; et tous mes ongles, passés sous mon gilet entr'ouvert, entraient dans ma chair que je déchirais avec un visage immobile. Mon Dieu! que j'ai été malheureux!

Je sais bien qu'on est pour cela au monde; mais il me semble que c'est plus ou moins: et penser que tant de malheur est inutile à la félicité des autres, c'est à se jeter la tête contre la muraille. Sans doute, le Christ a bu un immense calice de fiel et d'amertume; mais, étendu sur sa croix, il levait la tête et criait: Mon père! Il baissait les yeux, et il voyait la terre sauvée par le sang qui sortait de ses blessures. Il y aurait là de quoi exalter un homme tout simplement bien né: jugez d'un Dieu! Aussi, la vue des malheureux, loin d'attendrir mon chagrin, qui tournait au farouche, me serrait les dents d'une contraction sauvage; il semblait que ma vie flottât dans du vinaigre. Quoi! disais-je, émerveillé de mes afflictions, je ne souffre donc pas assez pour que celui-là ne souffre pas, ni celui-là, ni ceux-là ! car j'avais autour de moi des preuves nombreuses que chacun a ses ronces. Comment ! me voilà, dans mon jardin des Olives, flagellé d'épines, abreuvé d'absinthe, un clou dans le cœur attaquant jusqu'aux nerfs de mes mains, qui ne peuvent plus peindre, et tout cela n'empêche pas un cheveu de tomber aux autres ! Mais où sommes-nous donc, à la fin ? Si c'est là ce qu'on appelle être sauvé ! Et puis, s'en aller après en enfer ou au purgatoire !... Oh ! je vous avoue que je protestai avec cris et révolte contre cet ordre de choses, et que je me mis à railler au nez de M. Goguillon, l'honnête curé de Notre-Dame, contrit des idées audacieuses que la révolution avait semées dans notre petite vallée de douleurs.

XXIII.

LE CURÉ.

Je le rencontrai tout rêvant, tout hâlant dehors les portes de la ville, près de la petite maison qu'on appelait l'Aubette, vous savez? à la barrière où l'on visait les passeports des rares étrangers qui passaient par ce vert sentier de la France.

— Je m'en souviens, mon oncle, comme si j'y étais encore, dit sa nièce avec une joie d'enfant. L'inspecteur avait cloué devant cette cahute appelée l'Aube, ou l'Aubette, enveloppée de fleurs de capucines et de plantes grimpantes, d'un charme frais sur la route si large; il avait cloué, n'est-ce pas? au milieu de ces frais sourires de la nature, deux gros monstres en bois, deux manières de chiens aboyans, cerbères tricolores, à la gueule ouverte et profonde, d'où sortait cette menace écrite sur une banderole en forme de langue mêlée à leur crinière : *Je dévore les tyrans! j'avale les aristocrates!*

— C'est vrai, dit M. Léonard, ce préposé à la barrière, homme de six pieds, athlétique et beau comme un Titan, mais bon comme le pain, qui n'a jamais offensé un pauvre, ni un enfant, dont le seul luxe de patriotisme, a éclaté dans ces deux têtes qui ne faisaient peur qu'aux oiseaux, consumait alors paisiblement sa pipe et ses heures à côté de ces monstres innocens, tandis que de l'autre, je faisais l'antechrist avec notre curé Goguillon bourgeoisement habillé, cachant sa tonsure sous une pauvre perruque blonde, qui servait à me le rendre un peu plus facile à combattre; car rien n'élève moins de respect en moi qu'une perruque blonde. Saint-Augustin lui-même me paraîtrait moins saintement éloquent avec cette bizarre auréole. Lui s'aperçut, à travers ma barbe et mes cheveux incultes, que mes rodomontades sur sa pure croyance partaient d'une blessure cachée : il me mit la main sur le cœur : helas! il fallait que mon cœur fût bien développé, car tout ce que je touchais me semblait être du sable; j'en respirais dans l'air; j'en broyais avec mon pain: c'était insupportable.

— Pauvre Constant-Marie Léonard! dit-il, car je sais tes noms de baptême aussi : tu n'avais pas trois heures, quand je t'ai ondoyé et donné ma bénédiction à ton entrée dans ce monde. Elle ne t'a donc pas porté bonheur, dis, mon enfant? j'en suis fâché; mais tu n'as aucun reproche à me faire, car c'était de bon cœur, et je ne suis pas, en verité, plus épargné que toi par le sort; la terre m'est dure aussi!

Il abaissa, en parlant ainsi, ses yeux sur ses souliers poudreux et troués, et sur ses bas noirs recousus avec du fil gris : Je fus près de tomber à ses pieds. Alors en allant et venant sur le parapet, je lui révélai une partie de mes souffrances. — La façon dont il m'écouta les rendit déjà moins âcres; ce tribunal en plein air calma un peu l'orage où tourbillonnait mon âme ; ce bon pasteur me laissa dire sans m'interrompre, tout en longeant près de moi les fortifications, alors pleines de fleurs et de verdure, et me regardant après de l'air le plus doux :

— A qui contez-vous vos peines, Léonard? helas! j'ai eu, moi, tout ce qu'il faut pour les comprendre, mais, ne gâtez pas votre malheur, peut-être en viendrez-vous, heure par heure, jour par jour, à ce temps où l'âme se recueille et se baigne au fond d'une joie triste qui naît de l'idée d'avoir été choisi par le ciel pour beaucoup souffrir ; d'abord, cette idée fait entrer le désespoir dans un désespoir nouveau ; mais ce paroxisme s'use, quand il ne fait pas éclater la vie, et si vous saviez, mon fils, ce qu'une douleur, qui n'a fait de mal qu'à nous, peut receler de douce rêverie, de suave repos, quand la main sommeilleuse du temps en a émoussé les aspérités sanglantes, c'est à remercier Dieu d'avoir tant souffert ! Vos idées, en ce moment, sont des monstres, car vous avez la fièvre. Mais c'est votre âme qui ose dire : Il n'y a pas d'âme... Je prierai pour vous ; et venez avec moi, venez : je vous montrerai ce qui m'est entré dans le cœur avec des pointes d'une incroyable mordacité.

Je suivis l'humble apôtre qui ne prêchait plus alors que d'exemple ; moi, j'avais la tête basse, comme un incrédule chancelant. Nous revînmes par des détours, jusqu'à l'église Notre-Dame ; il m'y fit entrer au milieu des décombres, et de là, me montra la place où mon grand-père, puis mon père, puis nous tous, leurs enfans, avions été ondoyés par lui ; il pointa aussi, du fond de cette église mutilée, toutes les tombes de notre famille, dans le vert cimetière où jouaient, à cette heure, quelques enfans, dont vous faisiez nombre avec votre inséparable frère.

Les murs délabrés, l'orgue en ruine, les saints sans tête, sans bras, renversés dans les hautes herbes de ce cimetière agreste, les vitraux brisés comme les bancs déserts, tout cela coloré par un soleil rouge, ardent, qui passait, laissant tomber aux mêmes heures ses rayons éternels sur ces débris abandonnés par les hommes; je ne peux vous rendre ce qui se passa en moi. J'eus honte! Je crus entendre des concerts, des voix qui louaient Dieu! Je ployai mes genoux au bord d'un confessionnal, où mes péchés d'enfant avaient autrefois reçu l'absolution du pauvre résigné qui me consolait alors; je l'attirai vers moi par l'expression suppliante et irrésistible de mes mains et de mes regards.

Il me comprit; car il s'approcha du confessionnal, après avoir regardé si personne ne nous avait suivis pour le dénoncer : je le poussai doucement à la place où il m'avait jadis paru si redoutable, et je m'agenouillai pour la première fois de ma vie, peut-être, avec cette foi profonde, cette volonté forte de la vérité; je lui dis ma vie comme si j'eusse assisté au dernier jugement, celui où on ne mentira plus; et il me bénit.

Je me sentis soulagé, car en rentrant dans le cimetière, il me prit par la main, comme un père qui a retrouvé son enfant. Marianne était toujours en moi, mais il y avait alors autre chose avec elle qui balançait son pouvoir terrible : j'espérais !

Mon attention fut un peu rappelée aux choses de ce monde, en voyant M. Goguillon ôter son chapeau, dont il s'était recouvert à ma prière, pour saluer quelqu'un qui passait dans la rue Notre-Dame, dont nous n'étions séparés que par un mur très-bas, formant l'enclos du cimetière et de l'église.

Je tournai la tête, et je vis venir à nous, par l'ouverture du Calvaire, M. Dufar, un comédien aimé par la ville, que suivaient toujours quatre à cinq petits garçons crians et curieux. Je le vis avec surprise en rapport avec notre vieux curé, qu'il aborda, plein d'une familiarité respectueuse, et comme une connaissance intime. Jamais il n'était entré dans ma tête qu'un comédien et un curé dussent se prendre la main ; j'ouvris de grands yeux, assez content, d'ailleurs, d'examiner de près M. Dufar, que je n'avais entrevu jusque-là, que comme une ombre formidable ; car il jouait les rôles tragiques avec une voix de tonnerre.

Il était alors dépouillé de tout le luxe du soir, bien qu'il conservât des traces évidentes de rouge, sur ses joues et sur la grosse cravate nouée négligemment à son cou. Le grand jour détruisait ce prestige d'une teinte horriblement foncée, qui choqua mon instinct pour les tons harmonieux. Son vêtement se composait d'une houpelande couleur feuille morte, ornée autrefois d'une peluche rouge, que plusieurs hivers sans doute, avaient appauvrie et décolorée. La trame grise qu'on découvrait de distance à distance, était comme une révélation de ses registres; cela me fit de la peine. Son chapeau, qui en demandait impérieusement un autre, était penché sur l'oreille de son maître, qui, par un goût bizarre, ou par une nécessité cruelle, portait des bottes jaunes du moyen âge, découpées en festons, ce qui le séparait entièrement de la mode de nos temps modernes : elle les impose noires, sous peine d'être regardé et suivi, comme il l'était, par de petits vagabonds hardis, dont il se laissait examiner de fort près avec un grand calme et une indulgence parfaite.

Il s'informa de la santé de l'homme de Dieu, avec un intérêt tendre et inquiet qui m'étonna.

— C'est qu'il m'a vu bien malade; dit le curé en lui serrant affectueusement la main. Enfin! comment vont les affaires, monsieur Dufar? poursuivit-il en voyant un peu d'embarras modeste dans la contenance du comédien.

— Déplorablement, monsieur le curé. Le théâtre est presque aussi abandonné que l'église. J'aimerais autant qu'on les détruisît aussi, car on nous vend trop cher le droit d'y réciter des chefs-d'œuvre. C'est un impôt ruineux que les villes lancent sur nous pour les éclairer et les instruire. Ma part dans la direction, se réduit au salaire du plus médiocre ouvrier : car, je suis directeur, me dit-il en me saluant comme l'étranger. Hélas! j'avais l'air en effet d'un habitant de l'autre monde.

— Cette petite ville, monsieur, est de troisième ordre tout au plus pour le théâtre, et les droits sont énormes. Figurez-vous, monsieur le curé, qu'on nous compte cela pour des âmes, dit-il en montrant au bout de sa canne les petits déguenillés qui jouaient aux ardoises et aux billes, et qui s'étaient mis à se battre dans le cimetière : je ne regardai pas sans une sorte d'envie ces êtres paresseux qui coulaient si agréablement leur temps sur des tombes.

— J'ai commencé ainsi, monsieur Dufar, lui dis-je, et l'on peut prendre là le goût des arts comme ailleurs. Il est vrai que je ne vais pas beaucoup à la comédie, mais j'en fais grand cas; et je m'y suis souvent réjoui dans l'innocence de mon cœur.

M. Dufar s'inclina avec une grâce qui n'était pas sans dignité, puis, il reprit avec un soupir :

— Ce n'en est pas moins devenu triste comme la passion, monsieur. Demandez à M. le curé? ajouta-t-il comme s'il invoquait le témoignage d'un camarade malheureux. Le curé sourit tristement, et accepta du tabac, que M. Dufar lui tendait en lui disant au revoir, de l'air d'un homme qui tient à en emporter l'espérance. Le curé ne manqua pas de lui répondre : « Au revoir! » Pour moi, il me salua du haut d'une taille si noble et si aisée, que je me trouvai fort petit garçon pour le lui rendre. J'ôtai mon chapeau à deux mains, car il m'avait subjugé.

Les joueurs de billes s'élancèrent encore pour lui donner un pas de conduite.

« On dirait que vous lui avez accordé l'absolution? demandai-je un peu indiscrètement, en regardant aller cet homme, que le public naïf du cimetière ne laissa pas s'éloigner sans contrefaire plaisamment ses airs de tête et son maintien balancé, sous sa houpelande malade, dont il semblait se faire une toge. Pour vous, chère buissonnière, tout en tenant d'un bras votre frère, et de l'autre votre panier plein de groseilles, vous le regardiez avidemment du haut du Calvaire, au pied de la croix qui tenait encore ; mêlant avec une grande innocence le profane avec le sacré. Mais pourquoi viens-je de dire, profane? Si M. Goguillon m'entendait, il me ferait dire vingt *Pater*, pour cette façon cavalière de traiter l'un de ses plus aimés prochains. Mon Dieu!

qu'il y a des choses qu'on redit long-temps par imitation !...

— L'absolution ! répondit le prêtre d'une voix un peu altérée : oui, Léonard ; et ma bénédiction, toutes mes bénédictions ! écoutez bien ce que je vous dis en présence de ce Dieu renversé momentanément dans l'herbe : Le Samaritain n'entrera pas plus directement au ciel quand la trompette nous éveillera tous, que cet inoffensif paria, qui vient aussi chercher ses amis dans un cimetière !

Comme le soleil était alors tout à fait couché, un demi-voile de nuit s'étendait sur tous les objets et sur nous : j'écoutais, moi, comme les convalescens qui prêtent un intérêt d'espoir à tout ce qui leur est raconté. Monsieur Goguillon, voyant que je n'avais aucun désir de le laisser seul, continua de parler en nous promenant autour de l'église, sur le terrain tantôt haut, tantôt bas, selon que les tombes étaient plus ou moins nivelées par le temps.

— Ce que je vais vous dire de ce comédien, poursuivit-il, me remet sur la voie d'un fait ignoré de bien des habitans de cette ville, et qui signalera, dans l'avenir, à la reconnaissance publique, le nom d'une de vos parentes qui ne se vante pas d'avoir préservé ses concitoyens du souffle empoisonné qui a détruit tant d'existences. Faible femme! elle a chassé devant elle le tigre de nos contrées, Joseph Lebon, à qui tant de rues désertes d'Arras redemandent leurs habitans égorgés! Voici ce fait :

Peu de temps après que ses proclamations et ses agens eurent répandu l'esprit de vertige parmi quelques hommes de notre bon peuple, qui ne purent aller plus loin pourtant que de briser des saints de bois et des vitraux d'église, mais qui s'arrêtèrent effrayés et tristes, en regardant les fuyards nobles ou riches que cet acte révolutionnaire avait épouvantés. Joseph Lebon, irrité de l'apathie de ces hommes timorés, qu'il appelait ironiquement des *pots de bière*, s'élança lui-même, et descendit d'Arras pour jeter la terreur dans cette espèce d'engourdissement et d'atonie.

Ce fut Thérèse qui le vit bondir hors de sa voiture, fait comme un bandit, se précipitant dans *l'aubette*, où l'on vise encore aujourd'hui les passeports, pour y déployer le sien, comme une torche funèbre qui allait éclairer sans doute bien des assassinats!

Thérèse, debout, attendant ses enfans à son retour d'un village voisin, le reconnut au portrait qui courait de lui par la ville. Elle était seule, et ne se sauva pas. Aux signes de colère qu'il fit éclater de ne pas trouver l'inspecteur du poste, elle lui offrit de s'asseoir, comme elle s'assit elle-même, et de prendre patience.

—Vous êtes patiens dans cette ville, répondit-il en s'agitant : vous dormez tous. — Moins que tu ne le crois, lui repartit-elle sans affectation. — Vous êtes au moins bien lâches! dit-il avec dédain, car la guillotine n'a pas encore travaillé ici; on n'a trouvé personne, assure-t-on, pour la dresser. — C'est ce qui te trompe encore, répliqua Thérèse avec le même sang-froid; elle est dressée; elle attend! — Oui! les bras croisés, comme les paresseux qui demandent de l'ouvrage, et qui prient Dieu de n'en point trouver.

Thérèse eut le courage de sourire et de trouver cette saillie de bon goût.

—Es-tu de cette ville de somnambules, citoyenne? reprit-il avec un rire grossier mais flatté de son approbation à ses bons mots. Elle fit signe que oui. — Quel rang y tiens-tu, toi? — Celui de bourgeoise, citoyen : tu le vois à ma faille noire. — Pourquoi donc ne portes-tu pas la cocarde sur ta cornette ? — La voilà ! dit Thérèse, qui la montra sur son cœur, en écartant sa faille. — Et que fais-tu là-bas pour tuer le temps en attendant le jeu de la guillotine ? — Je nourris mes enfans; après, je leur enseigne le grec et le latin. — Il éclata de rire.

Alors elle lui parla en grec et en latin, avec cette facilité que nous lui connaissons; Joseph Lebon, qui avait peut-être perdu l'habitude de ces études sévères, se contenta de lui frapper rudement sur l'épaule, en signe d'admiration railleuse.

— D'où tiens-tu cette science ?..... réponds-moi en français. — De mon père, passionné de ces glorieuses langues, et qui ne m'en a jamais parlé d'autres dès l'enfance.

—Toi, qui es si savante, dis-moi un peu ce qu'on pense de Joseph Lebon dans la ville ? — On l'abhorre ! dit-elle naturellement, et sans paraître s'apercevoir qu'il rougissait de fureur. — On le craint, du moins ? demanda-t-il avec des yeux noyés de sang.— Tu ne t'abuses pas, dit-elle plus bas et confidemment ; et comme il a jeté une terreur profonde jusque chez nos enfans en bas âge, voici ce que le peuple a résolu d'une seule voix, par serment : (n'en parle pas !) c'est que, s'il entre un jour dans notre république, à nous, la guillotine, que tu dois voir d'ici, poursuivit-elle en se levant sur ses pieds, et pointant du doigt par la fenêtre ouverte dont elle écartait les fleurs, la porte de guerre aux lourdes chaînes, le pont-levis, et la longue rue terminée au loin par la place entrevue de cette petite croisée, où Joseph Lebon vint regarder curieusement lui-même.

— La vois-tu, citoyen? — Vaguement, dit-il, en s'aidant d'un lorgnon qu'il portait toujours.

— Oh! je la vois, moi; c'est laid! mais le peuple, superstitieux, dit que c'est notre ange gardien qui a pris cette forme : que, s'il entre là, celui que tu disais tout à l'heure, c'est lui-même qui dois l'essayer : on se jettera sur lui comme sur une bête féroce, et sa tête sera la seule qui fera du sang sur notre place libre. Mais.... n'en dis rien, ajouta-t-elle encore comme par réflexion; je serais tuée, si l'on savait que je l'ai empêché d'y venir!

Lebon la regarda effrayé; Thérèse soutint, en souriant toujours, ces yeux qui lançaient la mort sur des villes entières.

Il repoussa d'un violent coup de pied, le pliant sur lequel il s'était un moment assis; renversa, dans son trouble, la bière qu'il s'était versée lui-même, et se mettant à jurer de l'absence prolongée de l'inspecteur, que le ciel arrêtait ailleurs sans doute, il remonta dans sa chaise de poste par une convulsion de peur : réveilla, à grands coups de cravache, les chevaux harassés, tout fumans d'une route dévorée par le soleil, et rebroussa chemin avec une incroyable célérité.

Thérèse, dont la vie était suspendue, après l'avoir suivi des yeux et d'un cœur palpitant, jusqu'à ce qu'il fût tout à fait perdu dans les arbres les plus éloignés du chemin, rentra dans l'aubette et s'évanouit.

En sortant de l'étouffement qui l'avait comme asphixiée, elle se retrouva avec surprise au milieu de ses enfans, qui venaient au-devant d'elle, comme ils en étaient convenus le matin : ils la caressaient et l'appelaient. Sa mémoire lui retraça ce que cette défaillance lui avait fait oublier, ce qu'elle croyait à peine alors : elle redevint femme et pleura ! mais elle se tut, n'attribuant son évanouïssement qu'à la chaleur qui était accablante ce jour-là. En rentrant en ville avec ses enfans, glissant le long de ce cimetière où nous voici, elle m'aperçut, me salua en passant; puis, elle s'arrêta pensive, et revint sur ses pas : après avoir donné à ses enfans la permission de cueillir du mouron et des mauves roses; à cette place même, elle me confia ce qu'elle avait osé faire, me demandant si Dieu lui pardonnerait d'avoir inventé cette fable.

Je n'osai l'en reprendre; car elle avait agi avec un tel courage, qu'elle me parut avoir été inspirée par un pouvoir invisible.

Je lui conseillai seulement un profond silence sur un événement dont l'issue pouvait être si heureuse! En effet, Joseph Lebon courut abattre d'autres moissons humaines; mais il n'osa jamais remettre le pied dans cette ville, vierge alors de sacrifices sanglans.

J'étais resté pensif au pied du Calvaire, en regardant s'en aller Thérèse comme l'ange sauveur d'un temple, qui a rempli sa mission. Mais moi, jusque-là si résigné, si ferme (je le croyais) dans mon obéissance à Dieu, chose étrange! je chancelai en recevant cette preuve éclatante de sa protection. Le contact effrayant, l'approche du fléau me remplit de trouble : je crus voir dans l'ombre l'épée flamboyante et le damas dégoûtant que ce vulgaire Hérode suspendait sur nos cités en deuil.

Je rentrai, abattu, dans la chambre hospitalière où mes anciens paroissiens, toujours mes enfans, me souffraient, hélas! et me soutenaient comme leur vieux père. Nos autorités n'avaient pas une seule fois tourmenté l'asile ni la conscience d'un vieillard presque aveugle, qui ne criait pas, et qui ne pleurait que de nuit sur les décombres de son église.

J'oubliai cela; je me jetai tout habillé sur mon lit, où des rêves lourds et sombres me torturèrent: l'un d'eux, plus atroce, sillonna ma demeure d'une lumière sanglante. Un sursaut terrible me planta sur mes pieds; et prenant cette force inaccoutumée pour un avertissement de Dieu qui me disait: Va-t'en! je m'en allai, devant l'aube, à la Providence, qui souriait, sans doute, de mon émigration d'une ville endormie sous un ciel si pur, si plein d'amour!

Mais le fantôme de Joseph Lebon, avide

du sang des pauvres curés, me chassait comme une paille devant l'haleine de l'ouragan.

Ce ne fut que quand je me sentis en pleine campagne, seul avec mon bâton, que je me retournai pour chercher, à travers l'aurore, le clocher de ma pauvre église, que je laissais veuve et déserte; ce ne fut qu'alors que je m'assis, triste de ne la plus découvrir, déjà! et que je portai mon mouchoir sur mes yeux.

Ce cauchemar m'égara à l'âge de soixante-quinze ans, mon bon ami; en voilà quatre que je m'en étonne, comme je vous en vois étonné. Vous pouvez penser, Léonard, que ne vivant dès long-temps que de la générosité de mes voisins.... je vais toujours pour dire mes enfans, qui me nourrissaient à rien faire, dans le réduit que j'habite encore en attendant!..... Ici, le pauvre curé s'arrêta, stupéfait d'avoir osé dire lui-même : en attendant !

Puis, ramené par son récit au temps où la terreur l'avait emporté à l'aventure comme une feuille sèche, arraché de son champ, il tourna ses regards craintifs autour de nous, et se toucha le front en souriant ; alors, frappant doucement de sa canne une tombe, du haut de laquelle il me parlait : — Ouvrez-moi ! dit-il en s'inclinant comme s'il parlait aux morts, car je ne fais plus que déraisonner, si vieux que je suis !

L'homme peut bien s'appeler une machine expectante, mon pauvre Léonard ! Et ce bel arbre de vie donne asile à de cruels insectes qui le dévorent. Les miens étaient alors la peur.... et la faim : car vous pouvez penser que je n'emportais sur les grands chemins que moi-même, voyageur débile, mon vieux bâton, mes cheveux blancs, et une trémeur d'entrailles, qui était bien peu raisonnable dans un âge si avancé. Enfin! je réponds à votre confession par la confession, Constant : vous me donnerez l'absolution, si vous pouvez!

Mon air de prêtre, dont je ne portais pourtant plus l'habit dès long-temps, mais qui perçait comme une empreinte mal usée, ne me préparait pas un accueil bien ouvert de la part des paysans, qui faisaient semblant de ne pas me voir passer. Je mis deux jours et deux nuits à me traîner jusqu'à Ypres.

J'y entrai si exténué de fatigue, que je n'avais plus qu'un souvenir confus de ce qui m'avait fait entreprendre ce long voyage : il était long pour moi; c'était le seul que j'eusse entrepris depuis ma naissance.

En passant sous une longue allée d'arbres frais, je fus attiré, par instinct, sous un portail d'église, d'une église tout entière! Joie!

où je vis entrer du monde, des femmes paisibles, ne cachant ni leurs livres de prières, ni leurs chapelets : rêvais-je? J'y entrai moi-même, après quelque hésitation, et je faillis mourir de saisissement en y entendant l'office, desservi avec autant de calme et de sécurité, que si on ne tuait pas ailleurs ceux qui s'obstinaient à prier et à croire. Dans le bonheur qui m'oppressait et me faisait trembler sur mes jambes, je me mis à genoux près du chœur, et j'inondai les marbres de mes larmes. Quand la messe fut finie et l'église désertée, plein de confiance et relevé par la prière, je me rendis dans la sacristie, où mes frères en Dieu avaient conservé un si doux asile durant l'orage de nos révolutions. Je dis au prêtre qui sortait de l'autel tout ce que je viens de vous raconter ; et puis, je cessai de parler... Il se détourna pour serrer ses ornemens et ses burettes d'argent, où il restait encore assez de vin pour ranimer mes forces épuisées; puis, me faisant du doigt un signe, empreint douloureusement dans ma mémoire, il me dit : — Nous avons nos pauvres.

Je n'en entendis pas plus : je l'avais compris vite! J'étais hors de l'église.

Assis tout seul sous la grande allée d'arbres, sur le même banc de pierre où je m'étais d'abord reposé, j'y demeurai absorbé dans mille pensées vagues et désolées. Il y avait je ne sais quel bruit dans mes oreilles, qui m'empêchait de me comprendre moi-même : les cris sourds peut-être de mes entrailles vides. O mon fils!... donnez toujours au pauvre, donnez toujours pour un morceau de pain, je vous en prie, Constant!

— Je vous le jure, monsieur le curé!

— J'entendis tout à coup respirer si près

de mon front, que je soulevai ma tête abattue : un homme, penché sur moi, m'examinait curieusement. Dès qu'il me vit lever ma figure, qui était fort pâle, je crois, il saisit mes deux mains qui retenaient avec peine et machinalement mon bâton de voyage. —Souffrez-vous, mon père? dit ce passant béni. Ma voix découragée ne put ouvrir mes lèvres; mais ce mot, mon père! dans une voix attendrie de pitié, me fit soupirer profondément, et mes yeux se fermèrent. Je crus que c'était tout, tout pour moi..... Une impression froide que je sentis bientôt sur mes tempes et sur ma bouche, ramena encore la vie, qui est quelquefois bien obstinée en nous! Je rouvris les yeux et je reçus en silence le secours ranimant que s'efforçait de m'offrir cette créature émue. C'était du vin, que l'homme curieux venait d'aller chercher à quelque distance, et qui me rendit, en peu de minutes, la force de marcher.

Il me guida, avec des paroles basses et discrètes, jusqu'à sa demeure, où je montai sans rien dire. Je ne peux vous répéter ce qui m'arriva durant huit jours de délire et de fièvre, sous ce toit où je fus gardé comme un enfant, je veux dire comme un vieillard en enfance. Ils ne me jetèrent pas loin d'eux! ils eurent pitié de moi! Ils avaient leurs pauvres pourtant!.... Vous comprenez maintenant, Léonard, pourquoi j'ai donné et je donne, dans l'éternité, l'absolution à M. Dufar : c'était lui. Mais, n'est-ce pas que vous l'aviez deviné?

— Je fais ma barbe demain! dis-je avec beaucoup d'émotion, et je vais à la comédie.

M. Goguillon, sans m'en détourner, reprit encore :

— Quand je fus hors de danger, voyant bien qu'on ne meurt pas quand on voudrait mourir, je laissai à mes Samaritains le poids de ma convalescence, qu'ils ne donnèrent à personne le soin de soutenir. Ils trouvèrent dans leur presque indigence, une foule de moyens innocens de me la rendre douce. J'aimais mon sauveur! j'aimais, je l'avoue, ses discours pleins de fleurs et de banderoles qui n'offensaient personne. Parmi les volumes, composés des tragédies de Corneille et d'illustres auteurs, qui me firent, avec quelques autres indices, deviner la profession de M. Dufar, il eut la tendre ingéniosité de glisser une Bible et quelques pages pures de Bernardin, dont la lecture berçait pieusement mes longs soirs : car ils étaient forcés souvent de me laisser seul avec leur enfant de sept ans, qui m'écoutait lire avec l'attention d'un ange. Le récit qu'il en fit à sa famille, augmenta parfois mon auditoire de quelques oreilles complaisantes, qui m'écoutaient sans impatience, et sans m'interrompre. Jamais un signe d'ironie ne vint glacer ma voix que l'âge et le malheur avaient un peu brisée. Ah! je vous jure que c'étaient là d'excellentes gens! Je regrette que Jésus-Christ n'en ait pas rencontré de pareils, quand il était triste à la mort, comme je l'étais moi-même!

FIN DU PREMIER VOLUME.

TABLE

DES CHAPITRES DU PREMIER VOLUME.

Pages.

L'atelier d'un peintre. 1

Le couvent des capucines. 15

Un élève de David. 45

La tête de mort. 63

Le prochain de M. Léonard. 69

Le nid d'hirondelles. 89

L'école buissonnière. 107
Le portrait deviné. 115
Yorick. 133
Les bijoux d'Ondine. 141
Esquisse d'une femme. 151
Le petit peintre. 171
Le festin de l'atelier.. 185
Le portrait. 211
Visite au pays natal. 221
Les rois et le crieur de nuit. 235
Les jours perdus, les jours heureux. 249
Premier amour. 259
Une lettre pour Marianne. 289
Les dernières fleurs de l'année. 311
Une vengeance de M. Léonard. 319
Un parfum. 327
Le Curé.. 335

FIN DE LA TABLE DU PREMIER VOLUME.

PUBLICATIONS SOUS PRESSE :

CHEZ CHARPENTIER.

ALEXANDRE DUMAS.

OEUVRES COMPLÈTES.

THÉATRE, 4 volumes in-8°.
SOUVENIR D'ANTONY, 1 vol. in-8°.
POÉSIES, 1 vol. in-8°.

JÉRÉMIE BENTHAM.

PHILOSOPHIE DE L'UTILE, ou l'utile considéré comme le développement de la morale, *ouvrage posthume* traduit par M. Benjamin Laroche et publié par M. le Docteur Bowring, exécuteur testamentaire de Jérémie Bentham, chargé d'affairee de S. M. Britanique.

Mme DESBORDES VALMORE.

SCÈNES DE LA VIE ANG[illegible]es par madame Desbordes Valmore, et[illegible], 2 vol. in-8°.
ISOLIER, 2 vol. in-8°.
TROIS JEUNES FILLES, v[illegible] 1 vol. in-8°.
DEUX SOEURS, 2 vol. in-8°.
LE LIVRE DES PETITS ENFANS, [illegible] du premier âge, 1 vol. in-8°.

Mlle ELISA MERCOEUR, de Nantes.

QUATRE AMOURS, roman de mœurs, dédié à madame de Récamier, 1 vol. in-8.

www.ingramcontent.com/pod-product-compliance
Lightning Source LLC
LaVergne TN
LVHW010535100826
845148LV00001B/193